獅子帝の宦官長

寵愛の嵐に攫われて

JN104406

（一）後宮の夜

「――長……起きてください、宦官長！」

肩を忙しなく揺すられて、イルハリムは意識を取り戻した。

夕方に灯しておいた火は消えたらしく、部屋の中は暗闇に包まれている。倒れ込んでいた床から身を起こすと、癖のない黒髪が肩からサラサラと流れ落ちた。

どのくらい気を失っていたのだろうか。辺りを見回していると、燭台を手にした次官、デメルが焦った様子で訴えかけてきた。

「皇帝陛下がお呼びです。今すぐ御前に参じてください！」

叫ぶような声に、鈍い頭痛を誘われる。

眉根を寄せながら、イルハリムは頭を振って霞みかかる意識を取り戻そうとした。まだ少しぼんやりするが、皇帝からの呼び出しだということは認識できた。

「……わかった。すぐに行くから、そこに灯りを置いていってくれ」

気怠さを押し殺して答えると、デメルが悲鳴のような声を上げる。

「そんな悠長なことを言っている場合ではありません！　早く！　早くお支度を！」

獅子帝の宦官長
寵愛の嵐に攫われて

ごいち 著

Illustration
兼守美行

エクレア文庫

CONTENTS

獅子帝の宦官長
寵愛の嵐に攫われて

登場人物紹介

ウルグ帝国の
現皇帝
ラシッド

勇猛な戦いぶりと野性的な容姿から、
「獅子帝」と恐れられている。

宦官長
イルハリム

異国から奴隷として連れてこられた、
黒い髪と瞳をもつ宦官長。
ある夜、度重なる側女の失態の責任をとるため、
皇帝から夜伽を命じられる。

唾を飛ばさんばかりの剣幕からすると、やはり今宵の側女も不興を買ったらしい。

わかりきっていたことだと、イルハリムは息を吐いた。

帝国の都に聳え立つ煌びやかな宮殿。その後宮には、皇帝の無聊を慰めるための側女が大勢暮らしている。しかし実際に皇帝の相手が務まる女人は、この中に一人として存在しない。

皇帝の怒りを鎮められるのは、今はイルハリムだけだ。

零れそうになる溜め息をそっと逃がして、近くにあった寝椅子を支えに立ち上がる。

呼び出されるのは覚悟していたので、支度は済ませてあった。日暮れと同時に風呂を使って身を清め、衣服も改めてある。後は身分を表す頭布を着けるだけでいい。

絹の頭布を手に、イルハリムは鏡の前に立った。

燭台の炎に照らされたのは、帝国には珍しい漆黒の髪と同じ色の瞳を持つ青年の顔だ。

細面は優しげに整い、肌は象牙のような淡い色をしている。

顔立ちのせいか、それとも男にしては幾分小柄な体格のせいか、二十七歳という年齢通りに見られることは滅多にない。

「早くしてください、宦官長！」

「わかっている」

足踏みせんばかりの部下に急かされて、イルハリムは宦官長の青い頭布を目深に被った。顔に怖れを浮かべた次官は、上官の身支度が整うや否や手を掴んで歩き出す。まるで罪人を連行するような足取りだ。

いや、あながち間違いではないなとイルハリムは苦笑を漏らした。今から自分は罰を受けるために、皇帝の部屋に赴くのだから。

体調が思わしくないので息が切れたが、文句は言わなかった。皇帝の怒りを思うと、デメルが焦る気持ちも良くわかる。

大部屋に出てみると、後宮の側女たちはすでに寝床に入っていた。部屋を仕切る帳は下ろされ、昼間の喧騒を忘れたかのようにシンと静まり返っている。要らぬ災難を被るまいと、帳の内側で息を殺しているのだろう。

燭台の灯りを頼りに、石造りの暗い廊下を進んでいく。

イルハリムの左足首を飾る足環の鈴が、シャララと軽やかな音を響かせた。

「遅いッ！」

居室の扉を潜った途端、苛立ち混じりの怒号が飛んできた。

中の光景は、イルハリムにはもう見慣れたものだ。

ガウン姿の皇帝が怒りも露わに立ち、その足元には薄物を纏ったままの側女が座り込んでいる。

小さく身を縮めた少女はブルブルと震え、怯え切って立つこともできないようだ。

「申し訳ございません。すぐに下がらせます」

イルハリムは頭を垂れたまま、側女を退出させるようデメルに合図した。

震えて立てない少女は、宦官たちに抱えられるようにして部屋を出ていく。それに憐憫の眼差しを向けた後、イルハリムはすぐに皇帝に向き直った。

「側女の教育が行き届きませず――」

「御託はいい。来い」

謝罪を遮って命じると、皇帝は苛立たしげな動作で寝台に腰を下ろした。

足元がふらつくのを隠しながら、イルハリムは主の前へと進み出る。

――幼い側女が怯えるのも無理はなかった。

イルハリムたちの主人である皇帝ラシッドは、堂々たる巨躯の持ち主だ。

年齢は三十代半ば過ぎ。先帝の五番目の皇子として生まれ、数々の戦乱を制して皇位をもぎ取った傑物でもある。

母親は早くに亡くなったが、遠い西方出身の奴隷で大柄な美女だったと言われている。

その西方の血のせいか、肌は日に焼けた赤銅色、戦で鍛えた肉体は鎧を纏うかのように逞しく、並外れた長身は帝国軍人の中にあっても一目でそれとわかるほどだ。

肩に広がる金褐色の髪はたてがみを思わせ、同じ色の切れ長の目は獲物を狙う獣のように鋭い。

彫りの深い顔立ちは精悍に整っており、気性は厳格かつ好戦的。

勇猛な戦いぶりと野性的な容姿から、『獅子帝』と尊称される皇帝だ。

イルハリムは皇帝の足の間に膝をついた。

ガウンの間から立派な男の象徴が垣間見える。体格に比例するかのように、皇帝の逸物は並外れた大きさを誇っていた。生娘などには受け止められるはずもない。

人形のように表情を消して、イルハリムはそれを袖に包んだ指先で恭しく掬い取った。敬意をこめて口づけし、そのまま濡れた唇を滑らせて柔らかく包み込んでいく。様子が見えるようにと顔を傾けながら、硬くなりつつある肉棒を口の中へと招き入れた。

「……」

頬を窄めて締め付けると、ようやく頭上から満足そうな息遣いが零れた。

安堵とともにそれを聞きながら、イルハリムは口全体を使って丁寧に奉仕を始める。

砲身を舌でくるみこみ、息を止めて喉の奥へと導いた。全体を吸い上げながらゆっくりと抜き出し、間を置かずに深く咥えては、上顎の奥にゆるく擦りつける。

「あぁ……そうだ……そうでなくてはな……」

獅子が心地よさそうに唸るのと同時に、怒張が舌の上で質量を増した気がした。

「……っ」

ただでさえ大きなものが口の中で脈を打ち、さらに太く、大きく育っていく。

息が詰まって苦しかったが、ここで止めることなどできはしない。イルハリムは覚悟を決めて、喉をいっぱいに開いた。

太い幹を咥えこみ、歯を当てないように気を付けながらゆっくりと頭を前後させる。顎がだるくなるほど大きな怒張を、さらに猛々しい肉の凶器へと変えるために。

皇帝の欲望に仕えながら、イルハリムは二か月前の夜を思い出していた――。


皇帝から初めて罰を受けたのは、今夜のように幼い側女が夜伽を命じられた夜だった。

本来ならば、後宮の管理を任されているのは筆頭寵妃のアイシェという女人だ。しかし彼女は懐妊して産み月が近づいたために、今から三か月ほど前に離宮へと移っていた。不在の間の代理として後宮を預かる立場となったのが、宦官長のイルハリムだ。

側女たちの主人である獅子帝ラシッドは、武名のほかに精力旺盛なことでも知られている。皇子時代から数多の女人を抱え、七年前に皇帝の座に就いた時には後宮の部屋を増築させたほどだ。

絹と宝石で着飾った美女たちが研を競い、夜ごとちがう女人が皇帝の寝室に呼ばれる華やかな後宮――しかし、その風景は一年ほど前に終わりを告げた。

側女の一人だったアイシェという女人が、皇子を産んで寵妃に昇格した途端に他の女人を遠ざけたためだ。

ある者は帝都から遠く離れた離宮に送られ、ある者は罪の告発を受けて追放となった。皇帝と子を為した寵妃だけではなく、まだ手つかずの側女までもが様々な理由をつけて宮殿を追い出された。

望みどおり、彼女は皇帝を慰める唯一の女人となり、筆頭寵妃の座を射止めたのだ。

そして連日の如く皇帝の寝所に通った結果、子を身籠もって離宮へと移ることになってしまった。彼女が去ったため、他の側女にも夜伽が命じられることになったのだが――それがイルハリムの苦難の始まりだ。新しい側女たちには皇帝の閨は務まらなかった。

純潔を保証するために、女人はごく若いうちに後宮入りする。

何年もかけて教養や房事の作法を身に着け、適齢に達したころに皇帝の相手として選ばれるのが通例だったが、今回はその時間がなかった。急いで数を揃えた側女たちはまだ幼く、躾も行き届いていない。

経験や素養、忍耐も――。壮年の逞しい皇帝に仕えるには何もかもが足りなかった。

寝所に呼ばれた娘たちは、みな役目を果たせなかった。泣きじゃくって奉仕どころではない有様が続き、ある夜ついに皇帝は怒りを爆発させた。

側女を引き取りに来たイルハリムを寝台に捻じ伏せ、その体を押し開いたのだ。

「ん……っ、く……」

裾を捲って四つん這いになったイルハリムは、身を割って入ってくる皇帝の牡を受け止める。上がりかけた悲鳴は、口に押し当てた長衣の袖に吸わせた。

硬く聳え立つ太い幹。どれほど力を抜いていても、挿入の瞬間には圧迫感で気が遠くなりかける。思わず身体が逃げそうになるのを堪えて、イルハリムは後ろから挑みかかる皇帝の体が密着するのを待った。この瞬間が、いつも永遠に思えるほど長く苦しい。

今夜も呼び出されることになるのはわかっていた。

あらかじめ油を塗りこめて拡げておいたが、後孔は大きさに耐えかねたようにジンジンと痺れている。内側から押される下腹にも重苦しい痛みがあった。

しかしそれでも、何の準備もなく組み敷かれた二か月前の夜に比べれば、苦痛も恐怖も天と地ほどの差がある。耐えられるはずだ。

息を吐いて懸命に受け入れようとするイルハリムの腰を手で捕らえ、皇帝は隆々とした怒張をゆっくりと押し込んでくる。――まだだ。まだ入ってくる。

下腹の圧がじわじわと増してきた。

いつもより大きいのではないか。今夜は耐えきれないのではないか。そんな不安がイルハリムの脳裏をよぎる。

汗ばんだ顔を腕の間に祈るように伏せ、苦しい息を細く吐き出した、その時。

背後から皇帝の声が聞こえた。

「そら、全部入ったぞ」

尻に冷たい絹の感触がして、イルハリムは皇帝の牡が根元まで入ったことを理解した。全身に安堵の汗が滲み出たが、本当の務めはこれからだ。

袖で額の汗を拭うと、イルハリムは皇帝を愉しませるために、浅く息を継ぎながら下腹に力を入れた。中に収まった肉棒をきゅっと締め付け、馴染ませるように浅く尻を揺らす。

奉仕の意思を汲み取って、皇帝の声がいくらか和らいだ。

「ああ、そうだ……あんな小娘にお前ほどの忠誠心を期待するのが無理というものだったな」

その『小娘』を自らの手で選んでおいて、悪びれもせずに皇帝は言った。

そして敏感になったイルハリムの内股を撫で上げて、尊大に命じる。

「せめて後宮の責任者として務めを果たせよ、宦官長」

「御、意……」

搾り出すように返答すると、それを合図にしたかのように、皇帝がゆるゆると動き始めた。


律動は徐々に力強いものへと変わっていく。

限界を超えるほどに開かれた身体。後ろから覆い被さる肉体の荒々しい息遣い。

この国に来たばかりの少年の頃も、同じような苦しい毎日だった。

イルハリムが帝都にやってきたのは十五年前、十二歳の少年の頃だ。生まれ育った東の島で攫われ、幼い宦官奴隷としてこの都に来た。

癖のない黒髪に、漆黒の瞳。小柄な細身の体に、日に焼けても赤くなるばかりの白い肌。東方人特有の彫りの浅い顔は、帝国では年齢よりもかなり幼く見られた。

向けられた好奇の視線の中に、少なからぬ欲情の色が混ざっていると知ったのは、下働きの奴隷として宮殿に買われた後だ。後宮に入って間もなく、イルハリムは物陰に引き込まれて男たちの劣情を知ることになった。

泣いても喚いても誰も助けてはくれない。言葉も風習もわからず、頼る相手もいない。

家畜同然の幼い奴隷が生きていくには、毎日のように振るわれる暴力にただ耐えるしかなかった。口を使っての奉仕や体の中に欲望を受け入れるすべも、その時に身につけた。

イルハリムが宦官となるための処置を受けたのは、ここへやってくる時に乗せられた奴隷船の中だ。精通を迎える前に去勢された者は肛淫の快楽に溺れやすいと言われているが、イルハリムもその例に漏れなかった。

何度も犯され嬲られるうちに、幼い肉体は中で達する悦びを知った。苦痛と嫌悪しかなかった行為に快楽を見出してからは、それに溺れるのも早かった。

快楽を求めて自分から男を誘ったこともある。悦びを得ると同時に、見返りを手にすることも覚えた。宦官長という今の地位に就くことができたのも、情人の一人がイルハリムの昇格を推してくれたからだ。

しかし成人する頃には自然とそういった行為からも遠ざかり、肌を合わせたいという欲求も少なくなった。自分から求めることはなくなり、求められても冷静に対処できると信じていた。

――皇帝から、閨での罰を下されるまでは……。

「……っ……は…………っ、ぅ……」

天蓋布で囲まれた寝台の中に、イルハリムの押し殺した吐息が響く。

「あぁ、いい具合だ」

ゆったりと突き上げながら、皇帝が喉で笑った。

イルハリムは両手に敷物を握り締め、袖を噛んで漏れそうになる声を殺していた。

膝はガクガクと震えて力が入らず、今にも崩れてしまいそうになっている。緩い粘液が内股を伝い落ちて寝台を汚していた。腰の奥で生じた細かな震えは背筋を走り抜け、頭の奥で小さな火花を散らしている。

体中が熱い。腰の奥から今にも何かがせり上がってきそうだ。

とても冷静でなどいられるものか。

「何か言ってみろ」

「……ッ！　……ッ、――ッ！」

崩れそうな理性の端に必死でしがみついているというのに、皇帝は笑いながら最奥を突く。イルハリムは声にならない悲鳴を上げ、全身を硬直させた。

若い側女たちと違って、イルハリムは男に抱かれる悦びを知っている。中で味わう絶頂の激しさも、嫌というほどに――。

収めるときにはあれほど苦しかった皇帝の怒張は、今や目眩がするような陶酔を生んでイルハリムの官能を追い詰めていた。

腹の奥から泉のように湧き出る愉悦。息が苦しいほどの恍惚。

体中が火照って熱い。絶え間なく襲いくる悦びに放埒の寸前まで追い上げられている。

皇帝の欲望に奉仕しなくてはと思うのに、もはや正気を保てそうにない。快楽に溺れたいという欲求をこれ以上抑えきれない。

それを見透かしたかのように、力強い肉棒が腹の底を押し上げた。

「そら、どうした宦官長！」

「あぁ……ッ」

意地の悪い皇帝のやり方に、ついに声を殺しきれなくなったイルハリムは喘いだ。一度でも喘ぎが漏れれば、もう止めることはできない。絶え絶えの呼吸とともに鼻にかかった声が溢れ出す。

皇帝が短く笑い、最後の止めを刺すように動き始めた。

規則的で長い律動。濡れた水音と肌を打つ音が帳の内側に響く。

「——よいか。これは罰だぞ。余から与えられた責務を疎かにしたゆえ、お前を叱責しているのだ」

「ヒッ！　……ぎょ、い、アッ、アッ……ぁあああ……ッ」

罰だと言いながら、皇帝の声は満足そうだった。イルハリムの白い尻が震えて、今にも達しそうなのがわかるからだろう。

全身から汗が噴き出し、力を失ってついに膝が崩れる。

そのまま脱力して沈みそうな腰を、掴んだ両手が高々と引き上げた。

「尻を下げるな」

「……ぁひぃッ……！」

張り出した雁の部分で奥の良い場所を抉られて、悲鳴とともにあられもない善がり声がほとばしった。じわりと下腹が熱くなり、脚の間を温かい何かが滴っていく。腰から下の不規則な震えが止まらない。

皇帝は愉しげに笑い、動きをさらに力強いものへと変えていった。

「あぁ……だ、め…………ッ……！」

追い立てられるままに、ついにイルハリムは最後の一線を越えた。

ぶる、と全身が震えを放つ。

背筋を熱い痺れが走り、裏返った声が鼻から抜けた。

蕩けるような喜悦が止め処もなく湧き上がり、自制心が粉々に突き崩されていく。

「……あ――ッ、ッ……ア――ッ！　……！」

宦官という身分も、罰を受けているのだという建前も忘れた。隠すことも繕うこともできずに、叫びとともに昇りつめる。

それを知った皇帝は、腹に響く声で哄笑した。

「どうだ、宦官長。余に責められるのはどのような心地だ！」

今まさに法悦の極みにいるとわかっているくせに、少しも動きを緩めはしない。官能に啼く哀れな奴隷をさらなる高みへと追い上げる。

「いっ……ひぃッ、いいです……ッ、陛下のお慈悲に、感謝を……ぁあっ、ぁあああ――ッ！」

敷布を両手で握りしめて、イルハリムは目も眩むような絶頂の波に身を委ねた。

夜を重ねるたびに、仕置きの時間は長く、濃密さを増す。

「……あ、あぁぁ……もう……陛下、もう…………」

逞しい怒張に突き上げられ、イルハリムは顔を敷物に押しつけて啜り泣いた。

何度昇りつめ、何度身体の奥底に放たれただろう。もう時間の感覚もない。朝までにどのくらいの時間が残されているのかもわからない。

渦巻く愉悦に翻弄されて、何もかもどうでもよくなってしまう。全身から力が抜け、喉からはひっきりなしの嬌声が零れ落ちる。


——ここ二か月ほど、居室に呼びつけられるたびにこうだった。

寝台の上に組み敷かれ、気が狂いそうなほどの悦びに啼かされる。なぜなら、皇帝がイルハリムを呼びつけるのは、側女の失態を咎めるためではないからだ。

皇帝の逸物は並外れて大きい。それに精力も十分以上だ。

産褥を経験した寵妃たちでさえ連夜の奉仕には耐えられないので、後宮には常に大勢の女人が用意されていた。皇帝の閨にはそれだけの人数が必要だったのだ。

なのに、寵妃となったアイシェは後先も考えずに女たちを追い出した。そのうえ自分は身籠もって宮殿を離れてしまったので、皇帝の欲求不満は募る一方だ。有り余る精力の解消法として、皇帝はイルハリムを使うことを思いついた。

怒りに任せて犯した体が、思いのほか具合良かったためだろう。さりとて、側女代わりに宦官を侍らせたのでは外聞が悪い。

ゆえに皇帝は、わざと年若い側女に夜伽を命じて怯えさせ、罰を与えるという名目でイルハリムの肉体を愉しんでいるのだ。

「あっ、あ――ッ！　…………もう、お許し、を……！」

深い襞の奥を続けざまに抉られて、突き抜けるような快感が走る。イルハリムは長い黒髪を振り乱し、絶え絶えの声を迸らせた。

脚の間を生温い液が伝い落ち、敷物は冷たく濡れていた。手も足も震えて力が入らない。そのくせ、貪欲な肉体はさらなる快楽を求めて、際限もなく腰を振ってしまう。

皇帝に呼び出されるようになって、イルハリムは自らの体の欲深さを思い知らされた。若い頃に貪った快楽を、この体は忘れたわけではなかったようだ。むしろ、年を経てますます成熟し、交情で得る愉悦は少年の頃よりも深いものへと変化している。

一方で、今のイルハリムには宦官長としての勤めがあった。年齢も後宮の宦官の中では年長の部類だ。若かった頃と違って、肉欲に溺れすぎると体力の方が追い付かない。

今日の夕刻も準備を整えて待つつもりが、風呂から戻った途端に倒れこんでそのまま気を失うように眠ってしまったのだ。

これ以上激しく乱れると、明日の職務に差し支える。

「も……う、お許しくださ、い……！」

だが、皇帝はその懇願が気に入らなかったようだ。

「このように余を咥えこんでおいて、何を許せと……！」

言うが早いか、皇帝はイルハリムの襟首を掴んで体を引き上げ、胡坐をかいた足の上に座らせた。

自らの体の重みで、呑み込まされた怒張が腹奥を突く。脈打つ肉棒にいっぱいまで埋め尽くされ、腰の奥から怒涛のような官能の波が押し寄せてきた。

「ヒッ……ひぁあッ！」

「あああ……あ、あああ……ッ」

快楽の蜜がとろとろと零れ出る。無意識のうちに腰が揺れ、中に収まる皇帝をきゅうきゅうと締め付けた。自分が溺れるのではなく皇帝に奉仕せねばと思うのに、あまりの絶頂に自制が利かない。

それを察した皇帝は、イルハリムの長衣を捲り上げて、濡れた下腹に指を這わせた。

ぐっしょりと濡れた脚の間を指で弄り、体を揺すりながらせせら笑う。

「これほど滴らせておきながら、許せとはよく言ったものだ」

後ろから抱き留める腕に縋って、イルハリムは善がり泣いた。

逞しい腕はイルハリムの痩躯を軽々と抱え、力強く揺さぶり続ける。

快楽はまだ終わらない。達しても達しても、まだもっと深い愉悦があるのだと思い知らされる。

声も嗄れんばかりに喘ぎながら、イルハリムは頭の片隅で思った。——この部屋から泣いて逃げ帰った側女たちは愚か者だと。

一度奥まで受け入れてしまえば、これほどの凄まじい悦びを与えてくれる相手はどこにもいないというのに。

「……あ……あ……と、ける……ッ」

絶頂を味わいすぎて下腹が溶けてしまいそうだ。もう何度昇りつめたかわからない。

それなのに皇帝の怒張はまだまだ勢いを失わず、イルハリムの腰は貪るように淫らに動き続ける。

――もう……これ以上は無理だ……。

焼き切れそうな意識の中で、イルハリムは弱音を吐いた。だがそれと同時に、湧き上がる喜悦をもっと味わいたいとも願ってしまう。

こんなに凄い快楽は他に知らない。

もっともっと貪って、何もかもわからなくなるまで溺れてしまいたい、と。


ひっきりなしに声をあげるイルハリムを、皇帝は胸の中に強く抱き寄せる。

頭布はもうほとんど脱げていた。火照って熱い耳朶に噛み付かんばかりに口を寄せ、皇帝は獣のように低く唸った。

「……五日ぶりだぞ」

身の内を穿つ剛槍はまだ衰えを知らない。欲望は尽きておらぬとイルハリムに知らせてくる。

「余を五日も待たせたのだ。朝まで許されると思うな……！」

獰猛に吠えた獅子帝は、イルハリムの白い首筋に歯を立てて、所有の印を刻みつけた。

激しい交合がいつ終わったのか、イルハリムには覚えがなかった。

皇帝の手で揺り起こされて目覚めた時には、もう窓から差し込む光は眩しかった。慌てて起き上がった瞬間にめまいを覚え、額を押さえて短く呻く。

失神するように眠ってしまったのだろう。イルハリムは昨夜部屋を訪れた時と同じ、長衣の襟元を緩めただけの姿で皇帝の寝台にいた。裾は整っていたが、その内側では溢れ出る精が足の間を濡らしている。昨夜も数が知れぬほど注がれたらしい。

「……下がってよい」

皇帝はとっくに目を覚ましていたようだ。寝台を離れ、いつの間にか身支度まで済ませていた。気づきもせずに眠り込んでいたとは不覚だ。

退室の許しを出す声に、どこか案じるような響きがあるように聞こえたのは、イルハリムの気のせいではないだろう。手酷く犯した宦官がなかなか目覚めないので、さすがの皇帝も心配になった様子だ。

明るくなるまで皇帝の寝室に居座るとは、とんでもない失態を犯したと思いながら、イルハリムは慌てて寝台を降りる。本来ならば、用が済むと同時に自室に戻らなくてはならなかったのに。

「申し訳ご、ざ……」

立ち上がって辞去の礼を取ろうとしたところで、急に目の前が真っ暗になった。

――あ、と思った時には床の上だった。


皇帝が床に膝をついてイルハリムを腕に抱き、驚いたような表情で顔を覗き込んでいた。

窓からの光に金褐色の髪が煌めき、日輪のような金の目がまっすぐに自分を見つめていた。


初めて明るい場所で間近に見た顔は、想像していたよりずっと人間らしく若々しかった。

彫りの深いくっきりとした顔立ちは、野性的な美しさを備えている。金刺繍の長衣を纏った肩は広く、イルハリムを包むように抱き留めた腕は温かい。

その目の中に動揺を見てとったイルハリムは、煩わせた非礼を詫びようとした。

「ご無礼、を……申し訳……」

「具合が悪いのなら早く言え！」

回らぬ舌で言いかけた謝罪を聞こうともせず、皇帝はイルハリムを怒鳴りつけて扉を振り返った。

部屋の外で待つ小姓に向かって医官を呼べと叫びかける。

それを、イルハリムは制した。

「大事、ありません……」

人を呼ぶ必要はないと伝えて、イルハリムは無理にでも頭を起こした。息が切れたが、大したこ

とではない。

後宮を管理する筆頭寵妃が離宮に行ってしまったため、宦官長としての務めに加えて、後宮全体を采配する責任が生じた。不慣れな役回りの上に、業務量も増えている。次官のデメルも手伝ってはくれるが、何もかもを任せるわけにもいかない。

そこへ持ってきて、数日に一度は寝所に呼ばれるようになったので疲労が溜まってしまった。それだけだ。


それに――。

イルハリムは、浅黒い顔をした帝国医官たちの顔を脳裏に思い描いた。医官に診察されれば、情交の痕跡を見られてしまう。

それは、立派な後宮を構える皇帝が、よりにもよって年嵩の宦官に手を付けたのを知られるということだ。

帝国の貴族でもある医官たちは、皇帝ラシッドの後宮がまともに機能していないか、あるいは皇帝自身が特異な嗜好に染まったかと案じるだろう。どちらも帝国の体面に関わる問題で、後宮を束ねる身としては避けねばならない事態だ。

しかし、今のような状態が続いていたのでは、いずれ人の口の端に上るのは間違いない。

皇帝付きの小姓たちや扉を守る衛兵は、居室の中で何が行われているのかを把握しているはずだ。彼らの口から真実が漏れれば、皇帝の名誉は損なわれ、イルハリムも後宮勤めを続けることが難しくなる。


「……身に余る栄誉をいただいたため、至らぬ我が身には分不相応であったようです」

背にじっとりと冷や汗を浮かばせながら、イルハリムは遠回しに解任を願い出た。

本来、側女たちの教育の責任は筆頭寵妃にあるものだ。

イルハリムはアイシェ不在の間の代理にすぎず、権限のすべてを委譲されたわけでもない。皇帝の不満は痛いほどわかるが、後宮をあるべき姿に戻すことは今のイルハリムには不可能だ。

だからと言って、今の状態をこのまま続けることも難しい。皇帝ほど身体頑健というわけではないので、こんな生活を続けていると体力の方が先に尽きてしまう。

降格を許されればいいのだが、イルハリムの方からそれを口にするわけにはいかない。

左足に嵌まる金の足環が示す通り、イルハリムは奴隷だ。

奴隷商人から宮殿に買われて、皇帝の私物としてここにいる。許しがない限りはどこへも行けず、用済みになれば売り払われるだけの存在だ。

ふと、不安が胸に忍び込んだ。

——このまま追放になるかもしれない。

降格という選択肢はないかもしれない。役に立たない宦官を置いておく道理はないし、代わりの奴隷はいくらでもいる。それこそ、イルハリムよりずっと若くて見目好い宦官が後宮にも宮殿にも山ほどいるのだ。

ここを出されたなら、今度はどこへ売られるのだろう。手元に残る給金の銀貨は、自分自身を買い取るのに足りるだろうか……。

さまざまな不安が押し寄せてきたが――、皇帝は何も言わなかった。

沈黙は、今はまだ何も決定しないという意思の表れだ。

イルハリムは息を整えて皇帝の腕から離れた。

「名誉あるお役目も後僅かにございます。それまではご下命に恥じぬよう、力の限り務めさせていただく所存にございます」

寵妃アイシェの出産も間近なはずだった。

子が生まれ、体調が安定すれば彼女がここへ戻ってくる。そうすれば元の通りだ。今少し持ち堪えれば、ひとまず今回の騒動は乗り切れる。

イルハリムは深々と頭を下げると、皇帝の顔を見ないまま後ろに下がった。

部屋を出ていく宦官を、皇帝がどのような表情で見つめていたか。

――頭を下げたまま部屋を辞したイルハリムには、知る由もなかった。

（二）夜伽の命

皇帝付きの小姓がイルハリムのもとを訪れたのは、日が傾いて夕刻に差し掛かろうという時刻だった。

「イルハリム宦官長。皇帝陛下より、後宮の手配が一段落した時点で報告に上がるようにとのご命令です」

「承知しました。すぐに参りますと、お伝えを」

イルハリムの方も、そろそろ報告をと考えていたところだったので、ちょうど良い頃合いだった。出納簿も九割方は書き上がっている。残りは口頭でも差し支えないだろう。

あとの手配は次官のデメルに任せて、イルハリムは書類の束を手に皇帝の元へと向かった。

この国――二百年以上の歴史を持つウルグ帝国は、東西南北の四州から成る広大な国だ。そのほぼ中心にあたる地に、皇帝が住まう帝都がある。

帝都は、各国の人々が行き交う巨大な商業都市であり、獅子帝と称される現皇帝ラシッドの直轄地でもある。小高い丘の上に建つ宮殿は、代々の皇帝が周辺諸国を平らげて築き上げた富と権威の象徴でもあった。金と銀、精緻な模様を描いたタイルと色硝子で飾られた空間――初めてそこに足を踏み入れた者は、感嘆の息を漏らさずにはいられない。

その絢爛な宮殿の一角に、ラシッドの後宮はあった。


イルハリムはその後宮に暮らす奴隷の一人で、今は宦官長の職務に就いている。

そもそも後宮は、皇帝から権限を与えられた女主人によって管理されるものだ。

皇帝生母である母后あるいは皇妃、もしくは筆頭寵妃がその座に就くのが通例で、現在の後宮の主はアイシェという名の女人だ。彼女は懐妊して一時離宮へと移っていたが、無事に出産を終えたため、明日後宮へ戻ってくることになっていた。

四か月ほど不在だった女主人の帰還にむけて、後宮は上を下への大騒ぎとなった。アイシェから後宮を預かる立場であったイルハリムも、少し前までは寝る時間を惜しむほど忙しい日々を送っていたが、ここ数日でようやく大方の準備が整いつつあり、安堵の息を吐いたところだ。

両手に書類を抱えて部屋を訪れた宦官長を、皇帝は長椅子にかけたまま穏やかな様子で迎えた。

「準備はどうだ。滞りなく進んでいるか」

久しぶりに顔を合わせる皇帝は、黒い毛皮に縁取りされた深紅の長衣を身に着けていた。肩には獅子帝の名の由来ともなった金褐色の髪がたてがみのように広がり、膝に置いた手には大粒の宝石が輝いている。威風堂々たる帝王ぶりだ。

イルハリムは深々と腰を曲げ、頭を低くしたまま書類を差し出した。

「陛下のお慈悲により、準備は滞りなく整いましてございます」

新しく生まれた皇女のための調度品の目録や、部屋の手配にかかった経費の一覧を、イルハリムは皇帝に手渡した。

皇帝が十分な予算を用意してくれたので、街の商人や宮殿専属の職人たちとの交渉も円滑に進められた。皇女の身分に相応しい格式ある品を部屋に運び込んであるから、アイシェも満足するに違いない。

「側女や乳母の手配も問題ないか」

「はい。お妃様のお部屋に、本日より待機させております」

「祝いの食事は」

「それぞれのお部屋に手配しております。明日ご到着のお妃様よりお許しがあれば、後宮でも皆に祝いの菓子を配るよう、料理長に申し伝えております」

常は厳格で知られる皇帝も、数か月離れていた寵妃が新たな子を抱いて戻ってくるとなると、心浮き立つものらしい。事細かに確認してくる主に、イルハリムはあらかじめ用意してあった書類を提出し、あるいは口頭で丁寧に答えた。準備は万端のはずだった。

「――では、あとは何が残っている」

すべて確認し終えた後、目を通した書類を脇に置いて、皇帝が問いかけた。

イルハリムは微笑を浮かべて答えた。

「何もございません。後はお妃様のご帰還をお待ちするだけにございます」

そう答えた瞬間、獅子の名を冠する皇帝は口元に笑みを零した。獲物を前にした獣のように、獰猛な笑みを。

「ならば、お前にも時間があるはずだな」

獅子帝が立ち上がる。

豪奢な長衣を翻して、皇帝はイルハリムの目の前に立った。

西方の血を引くこの皇帝は、厚みのある見事な体躯をしている。

大きく金刺繍された深紅の長衣は、滅多にないほどの長身を引き立たせると同時に、息が詰まるほどの威厳と威圧感をイルハリムに与えた。

思わず一歩下がりかけたイルハリムの顎が、皇帝の指に捕らわれる。

「お前に今宵の夜伽を命ずる」


真正面から伝えられた命令に、イルハリムは睫毛を震わせて獅子帝を見上げた。

金色にも見える褐色の瞳が情欲でぎらぎらと光り、射貫くようにイルハリムを見ていた。


——最後に呼ばれたのはいつだったか。

足首の鈴をシャラシャラと鳴らして後宮への廊下を歩きながら、イルハリムは思い返していた。

もう一か月ほど前になる。

いつものように側女の不手際を叱責され、そのまま代わりに夜伽を務めた夜だ。

ちょうど仕事が立て込んでまともに眠れない日が続いていた時期で、翌朝イルハリムは皇帝の前で意識を失ってしまった。――あの日が最後だ。

口には出さないものの、皇帝はイルハリムが目の前で倒れたことをいたく心配した様子だった。

その後の数日間は次官のデメルが宦官長代理を命じられ、イルハリムは仕事を取り上げられて休養を命じられたほどだ。雑務を担当する書記官も二名ほど増やされたので、あれ以来イルハリムの負担はずいぶんと軽くなっていた。

そして――夜の寝所に呼び出されることもなくなった。

そもそも側女がいるのに、成人した宦官に夜伽を務めさせること自体がおかしかったのだ。一時の戯れがやっと終わったと、胸を撫で下ろしていたところだ。

それだけに、今日の皇帝の命令はまったく予想しないことだった。

明日には皇女を抱いた寵妃が戻ってくる。なのに、一体なぜ――。

そこまで考えたところで、イルハリムは皇帝の肉体の剛健さを思い出した。

人並外れた巨躯に相応しい、隆々とした怒張。力強く肉を抉り、一晩中相手を啼かせても尽きぬ精力。出産を終えたばかりの女人に、あの皇帝との交合は確かに荷が重かろう。

かといって今の後宮には、他に皇帝の夜伽を務められる側女がいない。妙齢の女人はアイシェが一人残らず追い出してしまったため、側女とは名ばかりの幼すぎる少女しか居ないのだ。

偉大なる帝国の支配者でありながら、ここには皇帝ラシッドが思うまま欲望を吐き出すための器がない。

本意ではないだろうが、今は宦官であるイルハリムの体以外に選択肢がないのが現状だった。

人目を忍んで準備を終え、イルハリムは日が暮れると同時に皇帝の部屋を訪れた。夜伽に訪れるには早すぎるが、他の宦官や側女に不審に思われないよう、明日の出迎えについて報告していたと偽れる時刻を選んだ。

いっそ皇帝の気が変わっていないものかと願ったが、部屋を訪れたイルハリムを、皇帝は待ちかねていたようにガウン姿で出迎えた。


床に跪き、ガウンの裾を両手で掬い取って口づける。夜伽を受けるときの作法だ。

「あれから体の調子はどうだ」

イルハリムを立たせた皇帝は、腰に手を回して寝台へと導きながら尋ねた。

「先日は不調法をいたしました。すっかり良くなりましてございます」

やはり心配させていたらしい。

夕刻に仕事の状況を報告させたのもそのためだろう。

促されるまま並んで寝台に腰かけると、皇帝はイルハリムの頭布を取り上げて床に落とした。息がかかるほど間近に顔を寄せ、目を覗き込んでくる。

鋭い金の目に見据えられ、何か無作法でもしてしまっただろうかと、心臓が早鐘を打ちかけたが
――。

「お前の目は黒曜石のようだな。夜の闇より、なお深い黒だ」

単に目の色が珍しかったらしい。皇帝の率直な物言いにイルハリムは少し笑った。

言葉の通り、イルハリムの目は夜空よりも濃い闇色をしている。背の中ほどまで伸ばした髪も射干玉の黒だ。滅多と外に出ないので、日焼けを知らない肌は象牙の色に似ている。

生まれ故郷では皆同じような目と髪の色だったが、ここ帝国では確かにあまり見ない。

ここへ連れて来られた当初は帝国人の明るい髪色と目が見慣れなくて、まるで怪物のように感じたものだ。

「どこの生まれだ」

「帝都からずっと東にある、小さな海辺の村です。幼かったので村の名前も憶えていないのですが、何十日も船に乗って帝都にやってきたと聞いています」

この国へ来た時のことを話すと、忘れかけていた悲しみが胸に甦る。

イルハリムが暮らしていた小さな村は、海からやってきた兵士たちに襲われた。村は焼かれ、大人たちは殺され、イルハリムのような幼い子どもは、奴隷として売るために船へと積み込まれた。

今はもう遠い昔の話だ。

「いつか自由の身分になれば、帰りたいと思っているか？」

イルハリムの足首に視線を落として、皇帝が尋ねた。

左の足首に嵌まる環は奴隷の印。

宮殿に仕える奴隷は鉄ではなく、細い金の環に鈴を連ねた瀟洒な足環を用いられるが、留め金を潰されて外せぬようになっているのは同じだ。歩くだけで鈴が鳴り、逃げ出せばすぐに追われる。

宮殿では職位が上がるほど足首の鈴が増えていく。見た目には優美に映るが、つまるところは逃亡を困難にするための措置だ。

宦官長であるイルハリムの鈴は七つ。今の地位に就いた時に古い鈴はすべて外され、小振りで軽やかな音を出す金の鈴が足首を飾っている。


「故郷の家族に会いたいと願うか？」

今夜の皇帝は奇妙なほど饒舌だった。

イルハリムが知る皇帝は無口で、いつも眉間に深い皺を刻んで不機嫌そうだった。部屋を訪れるときは大抵側女の不始末のせいなので、怒鳴られて準備もなくいきなり挿入されるのが常だった。

こんな風に穏やかに話されると、どんな顔をしていればいいのかと、却って戸惑う。

イルハリムは困ったように目を瞬かせた。

「……どうでしょう……なにせ村の名前も憶えておらぬものですから」

帰りたいと願っても、故郷がどこにあるのかさえわからない。それに今はもう、家族の顔も思い出せないのだ。

帰る場所も、出ていく先も、イルハリムにはない。

奴隷として買われた先が宮殿であったことを、イルハリムは幸運だったと思っている。ここでの暮らしは決して悪いものではない。

寝る場所や食べるものに困ることはなく、真面目に働けば給金が貰えて、出入りの商人を通せば欲しいものを買うこともできる。ただ、どこにも行けないだけだ。

給金の銀貨を貯めれば、自由民の身分を贖うこともできると聞いた。だがその噂が本当かどうかは誰も知らない。第一、皇帝が手放すと言ってくれなければどうにもならない。

宮殿の外に出たところで、暮らしていく当てもない。ずっと後宮暮らしで、普通の民の生活がどのようなものかは見当もつかない。

結局のところ、イルハリムには他に生きる場所などないのだ。

「――お許しある限り、皇帝陛下に忠誠を捧げたく存じます」

そう答えると、皇帝はイルハリムとの問答にようやく満足したようだった。

顔が近づいてくるのに気づいた時には、唇を奪われていた。

弾力のある唇がイルハリムの唇を吸い、顔を傾けて小さな音を立てる。イルハリムは両眼を閉じた。

「ん……ぅ……」

舌が滑り込んできた時に、無意識のうちに身体を引いてしまったようだ。頭の後ろに大きな手が回りこみ、引き寄せられるのを感じる。

イルハリムはそれには逆らわず、口を開いて皇帝の舌を受け入れた。

「……ん……………んん……ん……」

ちゅ、ちゅぷ、と舌と舌が絡む音がする。皇帝の口づけは情熱的で、どこか優しい。角度を変えながら何度も口を吸い、高い鼻梁が時折頬を掠める。

獅子帝の息が当たるのを感じた途端、イルハリムは動揺した。

皇帝の息を感じるのだから、自分の吐息も皇帝の肌に触れているはずだ。

口づけ一つでもう息が上がっている。それを知られていると思うと恥ずかしくて、いつ息を継げばいいのかわからなくなってしまった。

叱責を受けるためにこの部屋を訪れ、何度悦びに啼いただろうか。

皇帝の怒りを鎮めるために身を捧げたはずなのに、我を忘れて啼き狂った夜が思い出される。体の芯に熱が灯り、顔が赤くなっていくのがわかった。

いっそ口での奉仕を命じてくだされぱいいのにと思う。そうすれば、自分が主人の欲望に仕えるだけの奴隷であることを、忘れずにいられるからだ。

夜伽に呼ばれたのだから、せめて手で奉仕すべきだろうか。

そう思って足の間にそろそろと伸ばした手は、皇帝に掴み取られて寝間着の背に導かれた。しがみついておけということらしい。

皇帝の背に両手を回し、絹の寝間着を両手に握りしめた、次の瞬間――。体がふわりと宙に浮き、イルハリムは寝台の上に押し倒されていた。

のしかかった皇帝が、長衣の襟元を開く。

「あ――」

首筋に噛まれたような痛みが走った。襟で隠れる部分だが、跡を残されたようだ。

そのまま皇帝の唇は、長衣の襟を開きながら下へと降りていく。首筋に、鎖骨の上の薄い皮膚に、そして痩せた胸に吐息がかかったかと思うと、緊張に硬く凝った部分が唇に包まれた。

「……ッ……」

イルハリムは思わず、声を漏らさぬように手で口を覆った。

皇帝の濡れた舌が、イルハリムの乳首を柔らかく圧し潰している。

肉厚の舌は敏感な肉の粒をコリコリと嬲る。乳輪を吸われ、時折歯を宛がわれると、下腹が甘く疼いて竦みあがった。――閨の中でこんな風に愛撫されるのは初めてのことだ。

いつもは顔を見ることもなく、服の裾だけを捲り上げて道具のように使われるのに。これではまるで夜伽に呼ばれた寵妃ではないか。

そう考えかけて、イルハリムは緩く首を振った。

そんなおこがましいことを考えてはならない。同じ足環をつけた奴隷と言っても、寵妃と宦官ではまるで立場が違う。

自分は寵妃どころか、側女ですらない。彼女たちの世話をする卑しい宦官に過ぎないのだから。

それに、明日にはアイシェが帰ってくる。これはただの戯れだ。

「陛下……どうか、口でのご奉仕をお許しください……」

愛撫を受けるのに耐えかねて、イルハリムは皇帝に願い出た。

皇帝を満足させるために呼ばれたのだ。ならば皇帝の欲望に仕えることこそが、果たすべき役目というものだろう。

それに、明日の準備はすべて終えたつもりだが、何か問題が見つかった時には対処が必要になる。次官のデメルや他の者に要らぬ詮索をされるのも避けたい。今夜はあまり遅くならないうちに自室に戻っていたかった。

イルハリムの懇願に、獅子帝は胸元から顔をあげて唾液に濡れた口元をべろりと舐めた。

「許す。ただし、服はすべて脱げ」

意外な命令だった。

今までは常に着衣のままだった。長衣の裾を捲り上げ、尻だけを露出させて身を捧げる。ことが終われば速やかに部屋から出すためであり、抱いている肉体を宦官のものだと意識しないためでもあると思っていた。

実際、宦官の体などは見て楽しいものでもない。男とも女ともつかぬ不自然な体つき。下腹には性器を切り取られたときの醜い傷が残っている。

裸体を晒せば、皇帝を興醒めさせるだけではないか。

そう案じたが、命令とあらば従うしかない。イルハリムは長衣を脱いで、下着とともに寝台の下に落とした。

床に降りて跪こうとしたイルハリムを、皇帝が寝台の上へと引き戻す。

「逆さになって、余を跨ぐのだ」

「え？」

言われた意味がわからなかった。

戸惑うイルハリムを皇帝は太い腕で軽々と抱え上げて、仰向けに寝た胸の上に後ろ向きに跨がらせる。

「さぁ、いたせ」

「あ……」

一瞬で、頭が真っ白になった。

尊き皇帝の体に乗り上げ、あまつさえ顔の前に尻を向けている。不敬罪で首を落とされてもおかしくない状況だ。

思わず逃げようとした腿を押さえられ、早くしろと軽く尻を叩かれる。頭が真っ白になったまま、イルハリムは身を屈めて聳え立つ肉棒に唇を寄せた。

両手で捧げ持って口づけをするのに、手が震えてうまくできない。口づけというより先端をしゃぶるような感じになったが、そのままイルハリムは喉を開いて深く呑み込んだ。

皇帝が背後で満足そうな息をつくのが聞こえる。

今日も、皇帝の牡は大きかった。

張りつめた傘の部分は、口をいっぱいに開かなくては歯を当ててしまいそうだ。舐めて湿らせた唇で包みこみ、舌を絡ませながら奥まで一気に顔を埋める。——きつい。

いつもと向きが逆で、先端が舌の根をぐいぐいと押してくる。吐き気で腹が痙攣し、抑えきれない涙がぽろぽろと零れた。

「おい、無理をするな」

「もうし……ッ、ゴホッ……ゴ、ホッ……」

皇帝の手で腕を引かれた時には、正直なところ限界だった。もう一瞬遅ければとんでもない粗相をしてしまっていたかもしれない。

口元を押さえて吐き気を逃がすイルハリムに、皇帝は言った。

「もうよい。その代わり、これを使って余に見えるように準備せよ」

片手を引かれて、イルハリムは棒状のものを握らされた。張型だ。本物そっくりに作られた性具からは、生々しい凹凸までもが指先に感じ取れる。

皇帝を跨いで尻を向けたまま、これで自慰めいた前戯をしてみせよと言われたのだ。

「ぁ……」

恥ずかしさで顔が熱を持ったが、やるしかない。

イルハリムはそれを一度口に咥えて全体を湿らせると、足の間から手を伸ばし、自らの後孔にゆっくりと埋めていった。

「あ……あ……あ……………ぁあ」

浴室で丹念に準備した体は、張型を根元まで呑み込んだ。

決して小さくはない道具だが、皇帝の持ち物に比べれば長さも太さもおとなしいものだ。官能が背筋をゾクゾクと這い上がり、イルハリムは下腹を震わせた。


夜伽の側女を送り込むたび呼び出されては叱責され、皇帝の逞しい牡を何度も受け入れた。

串刺しにされるかと思うほど巨大な怒張が身を穿つ。根元まで受け入れれば、力強い手で四つん這いになった体を掴まれて、突き上げが始まる。初めは小刻みに、徐々に動きは大きくなり、激しさを増していく。

皇帝との夜は、イルハリムに新たな扉を開かせた。意識を失うほどの法悦を、いったい何度味わったことだろう。あんな凄まじい快楽は、毎日のように物陰で犯されていた少年時代にさえ知らなかったものだ。

腹の奥に熱い迸りを受けて一度目の交合が終わりを迎えると、二度目以降は戯れの度合いが濃厚になる。

浅い場所に先端の雁の部分だけを収めさせ、小刻みに揺さぶって啼かせるのも、皇帝が好むやり方だ。肉環を開かれそうで開かれない、奥に行きそうで行かないもどかしさが、たとえようもない焦燥感となってイルハリムを昂らせる。

このままずっと嬲られるのかと覚悟を決めかけた途端、それを見極めたかのように、太い肉棒は突き進んでくる。甘えるような悲鳴が零れ出て、羞恥に顔が熱くなるが止めようがない。

振動を響かせるように突かれると、後は追い上げられるだけだ。

熱が高まり、内側から絞りだされるように快楽の蜜が溢れ出る。失ったはずの性器の根元が苦しいほど疼いて、失禁するかと思うほど心地いい。

そうやって浅い快楽で高められたのちに、あの太い幹を一番奥まで埋め込まれるのだ。痺れるような恍惚に包まれて、頭の中が真っ白になる。

身の内いっぱいに埋まった皇帝の怒張が、イルハリムの深い場所を突き上げる。大きく逞しい、これ以上ないほど強い雄の象徴だ。

声を抑えることなどできなくなって、ひっきりなしに叫んでしまう。

下腹がドンと重くなり、その重量感だけで頭の芯まで突き抜けそうな陶酔が——。

「わかった。もういい」

「ぁ……!」

手を添えて、張型が抜かれた。

いつのまにか状況を忘れて、自らを慰める行為にすっかり溺れてしまっていた。

皇帝との交わりを思い出すといつもこうだ。ここまで好き者だったのかと恥じ入るほど、快楽に流されやすくなった。

自慰の余韻に息を荒らげるイルハリムを、皇帝は仰向けに寝かせた。膝に手をかけて、柔軟な身体を二つ折りにする。

開いた膝の間から、凶器のような怒張がイルハリムの目に映った。

思わずそれを見つめたイルハリムに、皇帝は尊大に命じた。

「そのまま目を開けて見ておけ」

何を、と問う前に先端が宛がわれた。息を吐く暇もなく、熱く脈打つ怒張が肉を割って入ってくる。

思わず目を閉じそうになったが、皇帝の言葉を思い出して瞼を持ち上げた。筋を浮かせた逸物が足の間に沈んでいくのを、イルハリムは震えながら見つめた。

拡げておいたはずの肉環が限界まで張りつめる。押し入ってくる質量に体の内側が悲鳴をあげる。

「あ……ぁ……っ」

皇帝の逸物が並外れて逞しいことは知っていた。だが、いつも犬のように這った姿勢で犯されていたので、これほど大きいという実感がなかったのだ。

凶器としか呼びようのない猛々しいものが、自分の脚の間に埋められていく。

内股が震え、下腹が不規則に竦みあがるのも見える。無意識のうちに逃れようと腰が揺れ、それでも否応なしに怒張を呑み込まされていくさまも。

——これほど立派なものを受け止めてきたのか。

信じられない思いで、イルハリムは沈み込んでくる皇帝を見つめた。

今はまだほんの先端が入っただけだ。これが根元まで押し込まれるかと思うと、今まで何度も交わってきたはずなのに、怖くて堪らなくなってしまった。

「……ッ、く……ッ、ッ……」

苦しさに体を強張らせれば、皇帝は進むのを待ってくれた。だが力が緩めば動きは再開される。

下腹はもうどっしりと重い。とっくに奥まで到達したのではないかと思うのに、まだ肌は触れ合わない。

庇うように腹に置いた掌には、体内を進んでくる異物の膨らみが感じ取れる。イルハリムの意思に関わりなく、中を侵略していく雄々しい怒張の感触が。

「あ……あぁ……!」

「そら、全部入ったぞ」

泣き出しそうになった時、感情を押し殺した声で皇帝が宣言した。


深く身を埋めた皇帝が、大きく息を吐いて覆い被さってきた。緊張で冷えた肌に皇帝の体の熱さが心地いい。

イルハリムは両腕を皇帝の首に回してしがみついた。体内に居座る圧迫感と、覆い被さる巨躯の重みで息苦しいが、組み敷かれているとどこか安堵も感じる。

抱き合う形で密着すると、今までは気づかなかった仄かな匂いが鼻に届いた。帝国貴族の間で好まれる、乳香の香りだ。

香料と皇帝自身の僅かな体臭が混じり合い、ぞくりとするほど蠱惑的な匂いを放つ。

「苦しいか……？」

イルハリムを両腕に抱いたまま耳元に顔を寄せ、皇帝が問うた。

「……少し……」

とイルハリムは答える。

本当は少しなどという生易しいものではなかったが、皇帝が自分の体を気遣ってくれているのがわかったから、そう答えた。

皇帝ラシッドは体が大きい。

そのつもりがなくとも、巨大な獅子が猫に戯れるのと同じで、抱き合うだけで相手を傷つけてしまう。

彼にできることは、自分の欲望を耐えるか、相手の苦痛から目を背けるか、そのどちらかだけだ。

常に苛立って怒りっぽかったのも、考えてみれば当然のことかもしれない。

皇帝という至高の地位にありながら、イルハリムたちが思うよりずっと、色々なことに我慢を強いられているのだろうから。

「……お前はいつも余を受け止めてくれるな」

イルハリムの耳元に顔を突っ伏したまま、静かな口調で皇帝が呟いた。

「この体に、余の大きさは苦しいであろうに」

人も羨む堂々たる体躯。しかしそれは本人にとっては、必ずしもいいことばかりではないのかもしれない。

普通の人間なら難なく得られるはずの喜びを、獅子帝はその手に得ることができない。

何十人もの側女がいても欲求は満たされない。娘たちは怯え、恐怖に泣き出しそうになりながら部屋を訪れる。その体を無理矢理に引き裂いて欲望を満たせるほど、非情にもなりきれない。

その怒りと孤独はどれほどのものだろうか。

イルハリムは皇帝の首に回した腕に力を込めた。

「陛下にご奉仕できるのは……私の喜びです……」

イルハリムがそう言うと、皇帝は顔をあげて、真偽を確かめるかのように瞳を覗き込んできた。

イルハリムはそれを見つめ返す。


口にした言葉は本心だ。

確かに辛くて苦しいが、自分にしか務まらぬ役目を命じられるのは喜びでもある。それは生きる意味と居場所を与えられるということに他ならないからだ。

イルハリムは皇帝の金の目を見つめて、安心させるようにいたずらっぽく微笑んだ。

「私が……いつも悦びをもってお仕えしていることは……陛下もご存じでは……?」

思い切って言ってみたが、慎みのない言葉を口に出したせいで顔が赤くなるのがわかった。

皇帝の視線が和らぎ、軽やかな笑いが口から漏れる。

つられてイルハリムも浅く笑った。


イルハリムは最下層の宦官奴隷として宮殿に入り、衛兵たちの慰み者になった。

だがそのおかげで、生娘たちが泣いて逃げ出す皇帝の巨躯を、こうして受け入れることもできる。

太く逞しい皇帝を根元まで収めて、快楽に溺れることもできた。

皇帝への奉仕を苦痛などとは思わない。それでこの孤独な皇帝が少しの安らぎを得られるのなら、イルハリムは自分が生きる意味を見出せる。

ひとしきり笑った後、皇帝は口の端を皮肉そうに持ち上げた。

「いつも最後には、許せ許せと泣く癖に……！」

「あっ！」

笑いを収めた皇帝が動き始めた。

ゆるゆると穏やかに揺さぶる動きは、大きさに馴染んだイルハリムの肉体に官能の波をもたらす。

だが今日はそれだけではなかった。

張型を使って自慰させることで、皇帝はイルハリムの感じやすい深さと動きを把握したようだ。


「ア！　アアア、アアゥ…………アッ、やぁ――――ッ！」

まださほど激しい動きでもないのに、イルハリムは両脚で皇帝の胴をギュッと挟み込み、あっけなく昇天した。性器のない下腹の孔から透明な蜜が溢れ出る。

仰け反って絶頂を味わうイルハリムを、獅子帝は上から押さえつけて、なおも追いあげた。

「――へいかッ……ぁ、ア――ッ……や、ぁ、いまいって、いってま、す……あああぁ――ッ……!」

「悦べ。何度でも果てて見せよ」

皇帝はイルハリムの抗議を軽く受け流した。徐々に動きを大きくしながら、喘ぐイルハリムの官能を責め続ける。

――この皇帝が絶倫ともいうほどの精力に溢れていることを、今更ながらにイルハリムは思い出した。

前に部屋で倒れた日は何度交わって、その間に何度自分が昇天したのだったか。

少なくとも、回数など数えられないほどだったことは確かだ。

「おく、は……ッ、やッ……ッ……やっ、やぁあぁッ……!」

イルハリムの訴えなど聞きもせず、怒張は深い場所を責め立てる。

襞の間に先端を潜り込ませ、奥にがっちりと食い込んだ状態で揺さぶりをかける。

悲鳴のような善がり声は獅子の興奮を掻き立てただけだ。巨躯を揺らして、皇帝もまた自らの快楽を追い始めた。

その動きを少しでも緩めようと、イルハリムは必死で獅子帝の首にしがみつく。しかし皇帝は、痩せた宦官の重みなど何ほどのこともないと言わんばかりに、背に回した手で軽々とイルハリムを抱き支えた。

「どうかぁッ……どうか、お手柔らかに、ぃいいッ……ヒッ、イイ――ッ！」

よい場所を狙い打ちにされて、泣き濡れた声が懇願する。

だが、皇帝にはそれを聞き入れる気は微塵もないようだ。明るい金褐色の瞳が、血の気を昇らせて濃い黄金に変わっていく。欲情の徴だ。

肉厚な唇を舐めて濡らし、皇帝は好色な笑みを浮かべて一蹴した。

「駄目だ。余が満足するまで、今宵は寝かさぬ」

イルハリムの悲嘆の声は、食らいついた獅子の口に飲まれて消えた。

あとは肌を打つ音と足環の鈴が鳴る音が、広い寝所に響くばかりだった。

（三）寵妃の罠

「――鳥が……」

イルハリムは訴えた。

帳の向こうはまだ暗いが、夜明けを知らせる一番鳥の鳴き声が聞こえたからだ。

首筋に鼻を埋めた皇帝は諦めの滲んだ息をつき、覆い被さっていた体を離した。

背中が寒々しくなると途端に物足りないような気持ちになって、イルハリムは吐息を押し隠す。

寵妃アイシェが離宮から戻って数か月が経過したが、皇帝はいまだにイルハリムを解放しようとしなかった。

間遠になるどころか、数日おきには呼びつけて夜伽を命じ、交わりはますます濃密になっていく。

こうして夜明け近くまで肌を合わせていることもしばしばだ。

「戻れそうか」

「はい」

大きな寝台から苦労して身を起こすイルハリムに、先に起き上がった皇帝が手を差し伸べてくれた。その手を取って、慎重に立ち上がる。

以前、夜通し狂わされた翌朝に寝台を降りようとして、立てずに床に座り込んでしまったことがあった。それ以来皇帝は姫君にするように手を取って体を支えてくれる。ありがたいが、身分を考えると畏れ多い。

立ち上がって息を吐いたイルハリムは、隣に並び立つ皇帝を仰ぎ見た。

――名工の手になる彫像のような、美しい裸体。

獅子帝の名の由来となった金褐色の髪が、広い肩をたてがみのように覆っている。

日に焼けた肌は赤銅色、太い首の上の貌は野生の獣のように精悍だ。

厚みのある大きめの唇、高く通った鼻梁、そして切れ長で鋭い金の双眸――。

その瞳が今は穏やかな明るい色をして、イルハリムを見下ろしていた。

「お心遣いに感謝いたします、陛下」

少しふらつくが、歩いて戻れそうだ。

イルハリムが手を離すと、皇帝は空になった掌に視線を走らせ、名残を惜しむように拳を握った。


夜が明け始めると、明るくなるのは早い。

イルハリムはだるい体を叱咤して、宦官長の長衣を身に着けた。人目につかぬよう、頭布も目深に被る。

皇帝から夜伽の命を受けていることを、イルハリムは周囲に内密にしていた。できれば側女たちが起き出す前には自室に戻りたい。

手早く身支度を整え、辞去の挨拶をして部屋を出ようとすると、皇帝がイルハリムを呼び止めた。

「昨夜も良く仕えてくれた」

掌に収まるほどの小さな袋が手渡される。

中に入っているのは金貨だ。夜伽を務めたことへの褒賞である。

本来ならば、後宮宦官長であるイルハリムは皇帝の寝所に入る資格がない。閨の務めは、側女と寵妃だけに許された崇高な奉仕だ。

しかし側女では皇帝の相手が務まらず、唯一の寵妃であるアイシェは産後の身体が回復しないようで、夜伽の支度をせよとの下命はまだ一度も発されていなかった。

精力を持て余す皇帝は、彼女らの代わりにイルハリムを呼び出して、溢れんばかりの精を注ぎ込む。

だが成人も過ぎた宦官を側女代わりに使うのは、けっして外聞のいいものではない。偉大なる皇帝の後宮が、まともな側女すら用意していないと触れ回るも同然だ。

そのため、イルハリムは皇帝の寝室に通っていることを隠していた。

夜通し抱き潰された次の日も、疲れを押し隠して普段通りの勤めに就く。皇帝のように特別頑健というわけでもないイルハリムにとって、ほとんど一睡もしないまま翌日の仕事に入ることは、かなりの負担ではあった。

皇帝はそれを知っているはずだ。時には仕事の進捗具合は問題ないかと問われることもある。にもかかわらず、数日おきの夜伽の命は途切れることなく、寝台の中で手を緩めてくれることもない。

その代わり、最近ではこうして金貨を下賜されるようになった。

喜ぶべきではあるが、欲しいかと問われれば正直なところ返事に困る。宮殿に勤めていれば衣食住は足りており、出所を言えない金貨は使う場所がないからだ。

かといって、皇帝から褒賞として下されるものを辞退するのは不敬となる。それに、自身の奉仕に満足してもらえた証だと思えば、やはり嬉しい。

イルハリムは素直に膝を突いた。

「……ありがとうございます。陛下のご厚情に感謝申し上げます」

礼の言葉を述べながら、果たして褒賞を差し出さねばならないのは自分の方ではないかと、イルハリムは自嘲した。

昨夜も皇帝が放埒を迎えるより早く、イルハリムの方が先に悦楽に溺れてしまった。我を忘れ、皇帝の肉体を思うさま貪り、途中からはこれが奉仕であることなどすっかり頭から消え去っていた。

だがそれを口には出さずに、イルハリムは両手を掲げて恭しく袋を受け取った。

「それから――」

どうやら今日は金貨以外にも何かあるようだ。おとなしく待っていると、皇帝は自らの小指に嵌めていた黄金の指輪を抜き取り、イルハリムの左手を取った。

明るく輝く大粒の紅玉が付いた、いかにも高貴な指輪だ。

皇帝は重みのあるそれを、イルハリムの指に通した。

「これは……」

紅玉は獅子帝を象徴する宝石である。

側女ならば皇帝の寵を得た印として宝飾品を与えられることもあるが、イルハリムは宦官だ。このようなものを貰う謂れも、身に着けるべき場所もない。

断ることができないことはわかっていたが、思わず問うように見上げたイルハリムに、皇帝は穏やかな笑みを浮かべて言った。

「あって困るものでもなかろう。いずれ宮殿を出るときのひと財産になる」

徐々に明るくなっていく廊下を歩きながら、イルハリムは人目がない物陰で指輪を外し、懐に収めた金貨の袋に仕舞った。

『いずれ宮殿を出るとき――』

指輪を渡された時の皇帝の言葉を噛み締める。

年が明けて、イルハリムは二十八になった。幼いうちに売られてきたので、これでも後宮では古参の方だ。

自分より先にいた宦官たちは、別の宮殿に配置換えになるか追放されるかして、ほとんどいなくなってしまった。よほどの後ろ盾がない限り、ある程度の年齢になれば他所にやられるのが慣例のようだ。

イルハリムがここを出される日も、そう遠くないのかもしれない。だからこそ皇帝は、外で生きるのに困らぬようにと、金貨を与えてくれている……。

イルハリムは寝所での変化を思い出していた。

交わりが一方的だったのは初めの頃だけだ。このところの皇帝は情熱的ではあるが、細やかな気遣いを見せてくれるようになった。

夜伽の時には何度も唇を合わせ、前戯も後戯も時間をかけて濃厚に行われる。交われば、自身の快楽を追求するばかりでなく、イルハリムにも深い悦びを与えてくれる。

日常の政務でも気性の荒さは鳴りを潜め、以前とは別人のように穏やかな印象に変わった。

——今ならば、皇帝は慈悲をもって奴隷の身分から解放してくれるだろうか。

歩くたびにシャラシャラと鳴る鈴の音を聞きながら、空想する。願い出ればこの足環を取り去って、『与えた褒賞で故郷を探すなり帝都に住むなり、自由にせよ』と言ってくれるのではないか、と。

だが心浮き立つはずの想像は、イルハリムの気持ちを少しも明るくはしてくれなかった。足元の床が消えてなくなるような不安に襲われただけだ。

いつの間にか、今の日々がこの先もずっと続くつもりでいたのだと、気付かされた。

いつまでも後宮にいられるわけではない。身の振り方をそろそろ真剣に考えておくべきだ。

そう自分に言い聞かせながら廊下を進んでいたイルハリムは、角を曲がった際に、自室の前で側女が待っているのを見た。

確かアイシェ妃の部屋付きになった側女だ。

「……宦官長。お妃様がお部屋でお待ちです」

側女の固い表情に、ついに来るべきものが来てしまったとイルハリムは悟った。

窓の外がようやく明るくなり始める時刻にもかかわらず、寵妃アイシェは衣服を整え、化粧も済ませた姿でイルハリムを迎えた。子どもたちの姿は見えない。

前に進み出て深々と礼をとろうとして、イルハリムは彼女の目元が泣き腫らしたように赤くなっているのを見てしまった。華やかに化粧を施した顔も、滲み出る憔悴を隠し切れていない。

昨夜は眠らなかったのだろう。理由は、考えるまでもなかった。

「――宦官長。昨夜は部屋を空けていたようね。何処にいたのか言いなさい」

脚を組みなおして、アイシェは尋ねた。

イルハリムに見せつけるかのように、左の足首を飾った鈴をリリリ……と鳴らして。


帝国の法において、婚姻とは一夫一婦制である。

皇帝といえどもそれは同じで、正式に妻と呼ばれるのは皇妃ただ一人だ。

後宮に住まう幾人もの女人は妻でも妾でもなく、すべてが奴隷であり、皇帝の所有物という扱いになる。それは皇帝との間に子を為した寵妃であっても例外ではなかった。

しかし寵妃の身分は、世話係である宦官や一夜の無聊を慰める側女とは一線を画している。

寵妃にはそれぞれ個室が与えられ、筆頭寵妃ともなれば、皇帝の代理人として後宮の管理も任される。産んだ子が皇位に就けば母后と呼ばれ、奴隷の身分からも解放される。

その特別な身分の証として、寵妃の足環には、黄金の鈴とともに小さな丸い記章が着けられることになっていた。――表には皇帝ラシッドの名が刻まれ、裏には紅玉で皇室の紋章を象った、瀟洒な円形の飾り物だ。


アイシェはそれをイルハリムの方に向けた。

この記章に向かって安易な偽りや誤魔化しを口にすることは、皇帝への冒涜ともとられかねない。

イルハリムは心を落ち着かせるために、息を一つ吸ってから口を開いた。

「昨夜は皇帝陛下のお召しがあり、御前に参っておりました」

平静な声が出るようにと祈りながら、問いに答える。

「こんな時間まで？　何の用で？」

「宦官の人事と側女の処遇についてお尋ねがあり、ご報告申し上げました。その後、皇帝陛下より来年度の予算についてのご意向と、近々の視察についてお話がありましたので、それを承っておりました」

淀みなくイルハリムは答える。口にしたことは事実だ。

皇帝の寝室に長く留まるようになってからは、交わりの合間の時間に、宦官長としての報告を行うこともあった。二度三度と交わっても尽きぬ皇帝の体力に、イルハリムの方が休みなしではついていけないためだ。

それゆえに、イルハリムはアイシェがなぜ今日という日を選んだのかも知っていた。

今日、皇帝は午前のうちから港に出向き、海軍司令とともに造船所の視察を行う。どれほど早く見積もっても宮殿に戻るのは夜か、もしくは翌日の昼以降になるはずだ。皇帝の不在という好機を、彼女は指折り数えて待っていたのに違いない。

アイシェが部屋付きの側女に目で合図すると、二人の側女が大きな盆を運んできた。その上には見覚えのある袋がいくつも載っている。

「お前の部屋から回収したものよ。これだけの財をどのような手段で得たのか答えなさい」

盆の上に載っているのは、金貨の袋だった。

イルハリムは宦官長として小さいながら個室を与えられている。皇帝の寝所に出向いている間に、そこを家探しされたのだろう。

ついにこの日が来てしまったなと、イルハリムは思った。これから断罪されるというのに、まるで他人事のように現実味を感じない。

故郷の村から攫われて、船に乗せられた時もそうだった。悪い夢のような現実が前触れもなく訪れて、平穏を奪い去っていく。

そして、幼いあの日も今も、イルハリムは運命に逆らう力を持たない。


「……宦官として後宮に入って十六年になります。その間にいただいた給金と、折々に賜った褒賞でございます」

何を言っても無駄だとわかっていたので、思ったよりも声は冷静に出た。

イルハリムの答えを聞いて、アイシェは芝居の筋書き通りに叫ぶ。

「嘘を言うな！」

彼女は掌に収まる小さな袋を手に取って、イルハリムの足元に投げつけた。重たげな音とともに、袋から金貨が散らばり出る。次の袋も、その次の袋も。

「お前たちの給金は銀貨だというのに、これだけの金貨をどうやって手に入れた！　皇帝陛下の信頼を裏切り、職位を悪用して賄賂を受け取ったのだろう！　違うと言うなら言ってみよ！」

足元に散らばる黄金を、イルハリムは悲しい思いで見つめた。

皇帝の横顔を象った金貨が、まるで石ころのように床に叩きつけられる。

皇帝自身には向けることのできない怒りを、彼女はこの金貨にぶつけているのだ。


帝都の後宮に住まう寵妃は、今はアイシェ一人である。

彼女は皇帝の寵愛が移ろうのを怖れ、自分以外の寵妃や側女にさまざまな罪を被せて後宮から追い出した。

ようやくそれで一息つこうとしたのに、皇帝は彼女が出産で不在にしている間に、よりにもよって宦官などに手を付けていたのだ。アイシェの怒りと絶望は深かったに違いない。

側女であれ宦官であれ、彼女は自分以外が皇帝の側に侍ることを決して許さない。事実を知れば、アイシェは即座にイルハリムを排除しに来る――。

それは、宦官の身で初めて夜伽を命じられたときから、わかっていたことだった。

言い逃れできるものならしてみろと、アイシェはイルハリムを睨み据えている。イルハリムは沈黙を選んだ。

どちらにせよ、この芝居の結末はすでに決められていた。逆らうすべはない。

ならば、その結末に僅かばかりでも慈悲を加えてもらえるよう、従順でいるしかない。

無言を通すイルハリムを見据え、アイシェは一つ息を吸い込んだ。

緊張を孕んだ甲高い声が部屋に響く。

「衛兵！　反逆者を投獄せよ！」


「――宦官長イルハリム。賄賂で私腹を肥やした罪により、足打ち刑五十、罷免し私財没収の上、国外追放処分とする」

罪の確定は速やかだった。日が中天に昇る頃、イルハリムは牢の中でアイシェから刑を言い渡された。

その内容に、密やかな吐息をつく。

収賄による反逆罪に問われたにしては、破格に軽い罰だ。アイシェの描いた筋書きに逆らわず、夜伽の事実も口にしなかったことで、いくばくかの温情をかけてもらえたらしい。イルハリムは慈悲深い処分に礼を述べた。

足打ち刑は、足の裏に細い木製の鞭を受ける刑罰で、窃盗の罪に適応されることが多い。二十を超えると当分の間歩くことができなくなるが、それでも手足を切り落とされることに比べれば十分軽いと言える。

仰向けに寝かされ、台の上に揃えて縛られた両足の裏を刑吏が打つ。その間、刑の執行を見守るアイシェは肩を震わせて泣いていた。

後宮の覇権争いは苛烈だ。

アイシェが産んだ以外にも、皇帝の血を引く皇子は大勢いる。自らの容色は日々衰える一方で、後宮には若い側女が次々と買い取られてくる。

イルハリムを排除したとしても、彼女の苦悩はこれからも続くのだ。我が子が皇帝となる日が来るまで安寧はなく、その日が来るかどうかも定かではない。

苦痛に呻きながら、イルハリムはその啜り泣きを聞いていた。

足裏に振り下ろされる鞭の苦痛は、皮膚を打たれる鋭い痛みから、骨に響く激痛へと変わっていた。

意識を朦朧とさせながら、イルハリムは皇帝を想う。


夜半を過ぎてもなお、獅子帝の精力は尽きなかった。

中で味わう絶頂の深さに正気を失くした時、皇帝はその力強い腕でイルハリムを抱き留め、息が整うまでただ抱きしめていてくれた。

恍惚の余韻を惜しむように、身を寄せ合って他愛もないことを話す時間が好きだった。

温かい皇帝の腕の中でじゃれあうように口づけを交わし、互いの髪を指で梳きあう心地よさ。そんなときの皇帝は、獅子のような金褐色の瞳を優しく細めて、口元には柔和な笑みを滲ませていた。

猛々しい皇帝のひと時の安らぎになれることを、イルハリムは誇りに思っていたのだ。

――皇帝が自分の不在を知るのはいつになるだろう。

イルハリムは考える。

今朝肌を合わせたばかりなので、きっと数日は召されることもない。

皇帝が気づく頃には、あるはずのない罪の証拠が揃っているはずだ。実在しない商人の名で、イルハリムに賄賂を収めたと偽る証言がいくつも出されるだろう。これまでイルハリムが見ぬふりをしてきた、アイシェの常套手段だ。

信頼を裏切ったと皇帝に思われるのは少し辛い。だが、他にも多くの人間が同じように汚名を着せられて宮殿を追放されてきた。

強く聡いものは生き残り、弱いものは排除される。

ここはそういう場所なのだから——。


刑が終わって台から解放された時には、イルハリムはもう立てなくなっていた。きつく縛られていた縄を解かれた途端、傷口から血が滲み始める。

痺れて鈍くなっていた感覚も戻ってきた。焼けた石を踏んでいるかと思うほど、足の裏が熱い。

だが、科せられた刑はそれで終わりではない。

「三日以内に東へ行く船に乗せなさい。もしも遅れたらお前の首を斬り落としてやる」

アイシェは金貨の入った袋を投げて、刑吏に命じた。

刑吏は金貨を懐に収めると、呻きを漏らすイルハリムを大きな麻袋に詰め、宮殿の外に出る馬車の荷台へと投げ込んだ。

宮殿の裏門を出た荷馬車は、誰に怪しまれることもなく帝都の市街を抜け、西日に向かって進んでいく。

逆光に照らされているせいで、御者は道の向こうから進んでくる隊列に気づくのが遅れたらしい。慌ただしく馬を止めて地面に降り立ち、馬車を道の端に寄せる気配があった。

すぐ横を通り過ぎていく馬蹄の振動が、板で組んだだけの粗末な荷台を揺らす。

麻袋の中に閉じ込められて、イルハリムは熱っぽい体を丸めていた。

通り過ぎる隊列が獅子の旗を掲げているのを、イルハリムが目にすることはなかった。


荷馬車が港のある街に着いたのは、眩しく突き刺さる夕日が沈んで、辺りが薄闇に包まれる頃だった。

日は暮れたが、漁師や船乗りが多い港町は、むしろ今からが稼ぎ時だと活気に満ちている。麻袋から出されたイルハリムが見たのは、けばけばしい装飾に彩られた娼館の扉だった。

「東行きの船は明日出るそうだ」

顔を間近に寄せて息を吹きかける刑吏から、イルハリムは顔を背けた。

足の裏の血は乾いたようだが、焼けるような痛みは続いている。傷を負った体は熱を帯びているのに、朝から一滴も水を与えられていない。

走って逃げるどころか、これではまともに歩くのも無理だ。途中でイルハリムが逃げださぬよう、わざと手酷く打ち据えたのだろう。

罪人の立場を思い知らせるように、男はイルハリムの髪を掴んで仰向かせた。

「やることはわかっているな。今から船代を稼いでもらうぞ」

下卑た笑いを見るまでもなく、男が企んでいることは想像がついた。拒んでも無駄なこともわかっていた。

足打ち刑の途中から、男は打たれるたびに苦痛に顔を歪ませるイルハリムを、粘りつくような視線で見ていたからだ。

宮殿を追放された宦官の中には、体を売って口を養う者もいる。

幼い頃に去勢を受けた宦官は、髭も生えず体も女のように柔らかな上、肛淫でしか快楽を得られない。イルハリムも後宮が買い取ってくれなければ、街の娼館に売られていたはずだ。

しかし、こんな安っぽい店に売られたと知れば、皇帝は激怒するに違いない。

憤怒の表情をした皇帝を脳裏に思い描きかけ、今更だとイルハリムは自分を嗤った。

娼館に売られなくとも、生きるためにしてきたことは同じだ。皇帝の寝室に侍るようになるよりずっと前、後宮の薄暗い物陰で何人の衛兵を相手にしてきたことか。

イルハリムは気持ちを切り替え、阿るような微笑みを浮かべて刑吏の首に腕を回した。

「刑吏殿……」

男の期待に応えるように、哀れっぽい目で刑吏を見つめる。

「貴方になら、喜んで船代をお支払いします。心を込めてお仕えさせてください」

唇を舐めると、冴えない中年男がごくりと唾を飲み込んだ。


イルハリムはもう若くはなく、目を見張るような美貌の持ち主というわけでもない。

だが、帝国の人間に比べて東方人は若く見え、柔らかに整った癖のない顔立ちも、触り心地の良い肌も、こちらの男たちには好まれることを知っていた。

イルハリムは長衣の懐に残っていた袋を取り出し、男の手に押し付ける。

「……これは、どうぞ心付けとしてお納めください」

今朝がた皇帝から下賜された、今となっては最後の金貨だ。

中には大粒の紅玉を嵌めた指輪も入っているが、ここで出し惜しんでも取り上げられることに変わりはない。それにこの指輪を売り払って足がつけば、男は罰を受けるだろう。ささやかな仕返しだ。

「お願いですから、水を少し分けてくださいませんか。喉も渇きましたし、足の傷がひどく痛んで……」

首に凭れかかると、男は機嫌よくイルハリムを両腕に抱いた。

場末の男娼にでもなったような惨めさから目を逸らし、男に身を任せる。どうせすることが同じなら、ほんの僅かでも苦痛の少ないほうがいいに決まっている。

娼館の中へと運ばれながら、イルハリムは男の耳朶に唇を寄せて、吐息を吹きかけた。

「宦官流のご奉仕をいたしますから、どうぞ存分に堪能なさいませ……」


相手をせねばならないのなら、せめてこの男一人で済ませたい。

そう思って誘ったものの、残念ながら望み通りにはいかなかった。

水と僅かな食事を与えられたのと引き換えに、イルハリムは両手首をそれぞれの足首と繋がれて、床の上に転がされた。宮殿の宦官であることを表す頭布を猿轡にされ、長衣の裾を捲られる。

臍から下を露出したところで、数人の男たちが部屋に入ってきた。

男は初めからイルハリムに情けをかけるつもりはなかったのだ。

「後宮を追放された罪人だ。東へ追い返されるそうだから、せいぜい船代を稼がせてやってくれ」

膝を掴んで左右に開かせながら、刑吏の男が言う。

宦官の足の間をよく見ようと、客の男たちは手燭を持ったまま覗き込んだ。


象牙色の滑らかな下腹。

申し訳程度の柔毛の下は、排泄のための小さな孔と火傷に似た傷跡があるのみで、性別を象徴するものは何もない。

腰から尻にかけては、女というには少し寂しく、男というには丸みを帯びていて、まるで年端もいかぬ少年がそのまま大人になったような独特の線を描いている。

その脚の間に息づく窄まりは、今朝がたまでの激しい交合の名残で、かすかにぬめりを残していた。

「いったいどうして追放になったんだ」

左足の足環を掴んで、客の一人が最奥をよく見ようと蝋燭を近づける。

無防備な場所を炎に炙られる恐ろしさに耐えられず、イルハリムは自ら足を開いて、男たちが見たがる場所を曝け出した。

刑吏の男がその様子を見て、口の端を歪めて言い放つ。

「淫行だよ。宦官ってのはナニがない分、アッチの方に見境がなくなるらしくてな。所かまわず衛兵を咥えこんで、ついに皇帝陛下のお怒りに触れたんだと」

「おとなしそうな顔して、とんだあばずれだな」

刑吏の挑発に、男たちの熱気が一気に噴き上がるのをイルハリムは感じた。

「さぁ、どうする？　宮殿落ちの宦官を味見するのか、しないのか」

男たちの答えはすでに決まったようなものだった。

誰から名乗りを上げるのか、懐具合を窺うように互いの顔を見合わせた、その一瞬――。

「ンッ！　ンン――ッ！」

手燭の蝋燭から溶けた蝋が、イルハリムの秘部に落ちた。

猿轡の間から漏れた苦鳴が引き金となった。

目の色を変えた男たちは、我先にと縛られた獲物に襲い掛かっていった。


反り返った肉棒が、前戯もなしに突き入れられる。

いきなり奥まで貫いて中を残酷に掻き回した荒くれは、溢れ出てきた残滓の多さに蔑みをあらわにした。

「この淫売が！　ケツの中にたんまり精液溜め込んでやがるぞ！」

イルハリムは目を閉じて屈辱に耐える。

皇帝は昨夜もイルハリムの中に何度も精を解き放った。途中で溢れた分は布で拭き取ったものの、最後の数回分は収まったままだ。濃く濁った白濁は、腹の奥が熱く感じられるほどたっぷりと注がれた。

自室に戻ったらすぐに処理しようと思っていたのに、牢に入れられてそのままになっていた寵愛の名残が溢れ出てくる。

「足を打たれるくらいじゃ足りねぇなぁ、おい！」

腫れあがった足裏を叩かれて、イルハリムは腹の中の男を締め付けた。

釈明の機会は与えられない。手も足も封じられ、舌を噛むこともできない。男たちを満足させるまで、決して解放されることはない。

——ならば、することは一つしかない。

「……すげぇ……こいつ、めちゃくちゃ絞ってきやがる……！」

突き上げる男の動きに合わせて腰を蠢かせ、しゃぶりつくように締め上げる。涙に潤んだ目で凌辱者を誘い、鼻の奥から呻きをあげて興奮を高める。

生きるために、今までさんざんしてきたことだ。

「うわ、っ……なんなんだ、よぉ……ッ」

きゅうッと全体を締め付けると、一人目の男が上擦った声をあげて体を震わせた。あっけなく精を放ち、生温かいもので内股を汚す。

呆然とする男を押しのけて、次の男が濡れた肉壺に挑んできた。

イルハリムは黒い瞳で二人目の男を見つめながら、力を抜いて猛る怒張を受け止める。

「おぉう……こりゃ、堪んねぇ……」

圧し掛かったまま動こうとしない男のために、自由にならない体で尻を揺さぶった。

あの皇帝の相手を務めてきたのだ。木っ端のような男たちを悦ばせるなど容易い。

皇帝の剛直は、慣れたイルハリムでさえ毎回息が止まるかと思うほど逞しかった。

自身のために用意された肉体の中を、いかにも帝王然として、粛々と進んでくる。

焦りも見せずに堂々と突き進み、苦痛に呻けば動きを止めてくれるが、決して退くことはしない。

退くのはイルハリムのすべてを侵略しきった後だ。

太い両腕でイルハリムをかき抱き、厚い胸の檻に閉じ込めて、並外れた怒張を根元まで収めさせる。その時に必ずイルハリムを抱きしめて言うのだ。――全部入ったぞ、と。

時には勝者のように誇らしげに、時には労わるように優しく囁いて、皇帝は少しの間じっとしてくれる。長大な剛直がイルハリムの中で馴染んで、快楽を生み出す源へと変わるのを待つために。

あとはもう、魂を揺さぶられるような陶酔の連続だ。

下腹の奥から湧き起こる快楽から目を逸らすことなど許されない。

喘いで、叫んで、声も嗄れるほど啼き狂って、高みに昇ったかと思うと失墜し、落ちる最中にまた舞い上がる。

蕩けるような恍惚の余韻に酔う暇もなく、次から次へと痺れるほどの官能に襲われて何もかもわからなくなる頃――まるで獲物を爪に引っ掛けて弄ぶようだった皇帝が、いよいよ獣王の本性を見せ始める。

泣き濡れるイルハリムの体を抑え込み、静かな唸り声をあげながら、深い場所を力強く突き上げて――。


「ン……ンフゥッ……!?」

腹の底から押し寄せてきた官能に、イルハリムは鼻に抜ける声を上げた。

皇帝とは似ても似つかぬ粗末な男たちだというのに、肉を穿たれる悦びが頭の中を徐々に白く染めていく。体の中に埋まった怒張を締め付け、より深い陶酔を得ようと肉襞が勝手に蠢き始める。

「見てみろよこの売女、何か漏らし始め、ッ……あぁ、くそッ！」

イルハリムの下腹が快楽の蜜で濡れていくのを揶揄しようとして、男は余裕を失った。後はもう無言のまま、獣のような息遣いで腰を叩きつける。

足環が鳴る音に耳を犯されながら、イルハリムは猿轡を噛み締めた。

こんな下賤な男たちにと思うのに、波のように襲い来る官能に逆らいきれない。固く閉じた眦から、屈辱の涙が滲み出る。

その顔に、粘つく飛沫が上から注がれた。


「噂通りのメス猫が」

手で搾り出した白濁でイルハリムの顔を汚しながら、刑吏の男は口の端で嗤った。

「……今のうちに船乗りどもの愉しませ方を覚えておくんだな。船旅は長いぞ」

その瞬間、イルハリムは東へ向かう船に男娼として売られることを悟った。

(四) 小姓頭の部屋

「——今日も出航は延期だ。まったく、どうなってんだ!」

苛立たし気な怒鳴り声が、イルハリムの意識を浮上させる。

荒い足取りで近づいてきた男は、奴隷を縛りつけた寝台の端に腰を下ろし、傷が治らない足裏を手で叩いた。

「おい、生きてるか」

「うっ……」

イルハリムはもうろうとする意識の中、呻き声をあげた。

この港町に着いて、もう数日になる。

着いた翌日には東行きの船に乗るはずだったのだが、出航が延期されているらしく、いまだ船が出るとの知らせはない。

荷が揃わずに出航が見送られることは珍しくないそうで、はじめは小遣い稼ぎの日数が増えたと喜んでいた男も、昨日あたりからは焦りを隠せなくなってきた。

イルハリムの衰弱が目に見えて激しくなってきたせいもある。イルハリムは俯せた姿で、娼館の寝台に寝かされていた。

ここへ着て来た宦官長の絹の長衣は売り払われ、肌寒い季節だというのに今は全裸だ。

腹の下には丸めた敷物が押し込まれ、足の間は客が吐き出していった粘液で濡れそぼっている。

両手は一纏めにして頭上で柱に固定され、口にはずっと猿轡が噛まされていた。

刑吏の男は時折猿轡を解いて水や食べ物を与えてくれたが、その代わり船乗りたちを呼び込んで、昼も夜もなくイルハリムの肉体を使わせた。

手当てもせずに放置された足裏の傷は治る気配もなく、縛られたままの手首も感覚がない。

昨日は一日中高熱に苦しんだが、今日はもう意識を失っている時間の方が長かった。

「おい」

もう一度足を叩かれたが、今度はもう呻き声さえ出なかった。水が欲しい、と訴えたかったが、思う端から意識が途切れる。

「くそ！　死ぬんならもう一人ぐらい客を取ってからにしろ！」

イルハリムから取り上げた指輪や長衣も、売れるものはすべて売り払って金に換えたというのに、強欲な男はまだ満足しないようだ。

そう考える間にも、意識はまだらに濁っていく。

霞む意識の片隅で、男の足音が遠ざかるのは感じていた。

夢かうつつかも判然としない暗闇が訪れ、次に気が付いた時には、部屋の中に複数の人の気配があった。また新しい客が来たらしい。

何を命じられても、もう指一本動かす気力もない。

汚れた寝台にぐったりとして身を預けていると、体が強く揺さぶられた。

『――イル――イルハリ――ム』

水の中から呼ばれるような声は、果たして幻聴だろうか。応えようとしたが、乾ききった喉からは掠れた呻きが漏れただけだ。

ひどく揺すられると思っていたが、いつの間にか体は宙に浮いていた。どこかへ連れていかれるようだ。

死んだと思われて、海に捨てられるのかもしれない。

「……み、ず……を……」

猿轡はもうなかった。手足を縛られてもいない。

相手が誰かもわからぬまま、無意識のうちに手に触れた服を握り締める。喉がカラカラだ。最期に一口でいいから冷たい水を飲みたかった。

口元に何かが押し当てられ、細く流れる液体で唇が濡れる。――水だ。

懸命にそれを飲もうとしたが、渇くあまりに口も喉も上手く動かない。一口も喉を通らないまま、水は口元を濡らしただけで流れ落ちてしまった。

絶望がイルハリムの胸に染み渡る。

このまま朽ち果てるしかないことが、実感となって押し寄せてきたのだ。

「へい、か……」

死を予感して、イルハリムは閉じた瞼に宮殿を思い描いた。

大理石でできた床に、壁を飾る金の装飾。庭を彩る折々の花。立ち込める蜜蝋の芳しさ、廊下に漂う微かな乳香。

華やかな薄物を纏った側女たちが、足首の鈴を鳴らして後宮を歩く。重厚な絹の衣装を纏い、重々しい足取りで宮殿を行く貴族や官僚。

彼らの頂点に立つのは、丈高い皇帝ラシッドだ。

獅子のたてがみ、黄金の瞳。赤銅色の肉体は惚れ惚れするほど美しく、真紅の衣を纏う姿は生まれながらの支配者のように威厳に満ちている。

あの生ける軍神が、ひと時の無聊の慰めとはいえ、イルハリムを欲して抱いた。思えば、あれは夢のような日々だった。

我を忘れるほどの法悦。圧し掛かってくる大きな温もり、鼻をくすぐる蠱惑的な香り。満足の吐息を耳元で聞く誇らしさ……。

皇帝はもう、イルハリムがいなくなったことを知っただろうか。

怒り、呆れ、少しは探そうとしてくれただろうか——それともたかが奴隷一人のことなど忘れてしまっただろうか。

失踪の理由がどう伝えられたのかも、心に掛かる。刑吏の男が言ったように、淫行がすぎたから追放したなどと偽られていたら、死んでも死にきれない。

ああ、違う……。

イルハリムはかさついた唇を震わせる。偽りなどではない。

十二の歳で後宮に入ってから、何人もの男に抱かれた。この娼館でも荒くれた船乗りたちを何人相手にしただろう。

浴びるほどの精液に塗れ、尻を振りたくって男を貪り、蜜を垂れ流して悦んでいたではないか。

汚い、穢れきった体だ。

「……み、ない……で……」

もしも死体が皇帝の前に引き出されたとしても、見ないでほしい。

皇帝に寵愛された体を、卑しい男たちが掃き溜めのように扱ったなどと知られたくない。

誰にも知られぬまま、海の中で消え果てたい。

初めから、存在などしなかったかのように――。


――闇の中に意識が沈みかけたその時、唇が覆われ、渇いた喉に冷たい水が流し込まれた。

追い立てられるような夢を見て、目を覚ましてはすぐにまた眠りに落ちる。

浅い眠りと短い覚醒を繰り返し、イルハリムは目を開けた。

今は朝か、それとも夜か。ここはいったいどこなのか。頭が痛くて息も苦しい。顔は火照って熱いのに、寒気がして体が震える。

やけに瞼が重かった。明かりが眩しくて涙が出る。目を開けていられない。

そのまま目を閉じてもう一度眠りに就こうとしたとき、誰かが肩を揺すって目覚めを促した。


「――寝るな。寝るなら水を飲んでからにしろ」

肩を揺らして厳しい顔で叱るのは、皇帝だった。

「陛、下……?」

無理矢理体を起こされて、口元に水の入った杯を押し付けられる。

問答無用で傾けられるのを、待ってほしいと制止する暇もなく、口元に水が押し寄せてきた。

苦労して数口は飲み込んだが、口の端から零れた分も少なくなかった。

少しむせて、途切れ途切れの小さな咳が落ち着いたころ、もう一度水の入った杯が差し出された。

イルハリムはそれを受け取ろうとしたが、腕を動かそうとした途端、あちこちに痛みが走って身を縮める。少し動こうとしただけなのに、そこらじゅうが痛くて呻きが漏れた。

いったいどうしてしまったのかと思いながら、霞む目で辺りに視線を走らせる。今は夜のようだ。

そして、ここは皇帝の寝所のようだった。

隣に座る皇帝は寝間着姿だ。膝の上にいくつかの書類を広げている。政務を執る手元を照らすように、燭台の灯りが一つだけ残されていた。

イルハリムは皇帝の片腕に抱かれて、凭れかかるように上半身を起こされていた。

「口を開けろ」

低い声で皇帝に命じられて、イルハリムは何も考えずに口を開けた。硬い指が歯の間を押し広げて、口の中に入り込む。

甘いものが舌の上に塗り付けられた。

「水だ」

指が抜けていくと、すぐにまた杯が口に押し付けられる。

頭がぼんやりして何も考えられないまま、イルハリムは傾けられた杯から水を飲んだ。

舌の上に置かれた甘い塊が、水に溶けて流れ込んでくる。今度はほとんど零さずに飲み込めた。

甘みを帯びた水が喉を通り抜け、胃の腑に落ちていく。

そうだ、喉が渇いていたのだと、イルハリムは思い出した。体中が汗をかいて熱っぽく、水が欲しくて堪らなかった。

渇き切っていたのか、欲しかったはずの水を飲むだけでひどく疲れた。

体調を崩してしまっているようだ。もしかして、また皇帝に迷惑をかけてしまったのだろうか。

困惑しながら息を吐いていると、目の前に茶色く練ったものを乗せた皇帝の指が突き出された。

おとなしく口を開けると、先程と同じ甘い塊を舌の上に塗り付けて、指が出ていく。

薬を蜜で練ったものだと、やっと見当がついた。

「仕事が溜まっているぞ、宦官長」

水の入った杯を押し付けながら、皇帝が厳しい声で叱責する。水を飲まされているので返事もできないが、直々に叱責を受けるほど仕事を溜めてしまったということか。いったい、いつ——。

何かおかしいと思いながら、与えられるままに水を飲む。

まるで喉を塞がれたかのように、たかだか杯いっぱい程度の水が喉を通っていかない。

口の中に残った水を苦労して飲み下した途端、無理矢理開けていた重い瞼が、時間切れだと言わんばかりに降りてきた。

もう起きていられない。意識が眠りの中に沈んでいく。

「——さっさと職務に復帰せよ。お前の仕事の肩代わりは誰にもさせぬからな」

皇帝はひどく機嫌を損ねているようだ。

御意、と答えようとしたときには、イルハリムはもう眠りの中にいた。

「――それで、大宰相に話は通してあるのか?」

隣に腰かけた皇帝からの問いに、イルハリムは議事録の写しを差し出して答えた。

「ご報告済みです。近日中に法官の選定を行うとのお言葉でした」

写しを手に持って字面を追う皇帝は、残る片手でイルハリムの体を引き寄せて、自分の胸に寄りかからせた。後ろから回りこんだ手が熱を測るように額を覆う。今日はイルハリムの額より、皇帝の掌の方が温かいようだ。

一時は少し根を詰めただけですぐに熱が上がったが、しつこかった病魔もこの頃はすっかりイルハリムのもとを去った。

治りが悪かった足裏の傷も、保護のための布を巻いてはあるが薄皮が張ってきている。今日ようやく、医官から室内を歩く許可も下りた。

イルハリムは皇帝に肩を預けながら、周りに視線を巡らせる。

ここは皇帝の居室だ。

天蓋布に覆われた大きな寝台と、政務のための長椅子と机、中庭を見下ろす広いバルコニーがついている。

室内の一角には皇帝専用の浴室への扉が、その対面には皇帝の身の回りの世話や重臣たちとの橋渡しをする、小姓頭の部屋の扉があった。

もう目に馴染んだ景色だ。

娼館から助け出されたイルハリムは、宮殿に戻ってからずっと皇帝の居室に閉じ込められていた。

――あの日、予定より早く視察から戻った皇帝は、イルハリムの不在をすぐに把握したらしい。

皇帝は、すぐさま街道の閉鎖と港の出入港停止を命じ、帝都及び周辺の都市に早馬を走らせた。各都市の長に対して、すべての宿という宿を検めて、黒髪に黒い瞳を持つ宦官を探し出すようにと命じたそうだ。職務に復帰し始めた頃、次官のデメルからそう聞いた。

イルハリムが連れていかれた港町は、皇帝が視察を行った造船所のある都市だったそうだ。

軍港を預かる海軍司令が直々に指揮を執り、安宿に監禁されていたイルハリムを見つけ出した。傷の手当てをして宮殿に送り届けてくれたと聞いているが、生死の境を彷徨っていたイルハリムはそのあたりのことを覚えていない。


宮殿に戻ってからも、しばらくは高熱を出して意識がないままだった。

五日ほど寝込んでようやく起きていられる時間が長くなったのだが、そうなった途端、溜まった仕事が山のように運ばれてきた。

ただでさえ熱で頭が働かないところに、期限を過ぎた急ぎの決済が後から後から舞い込んでくる。皇帝はイルハリムの側を離れず、怖い顔をして仕事の進捗を見張っている。

次官のデメルは一体何をしていたのかと考える暇さえなく、イルハリムは皇帝の寝台を占拠したまま仕事をし、書類を握ったまま眠りに落ちる毎日を過ごした。


何かの手違いか、皇帝から渡される仕事の中には、宦官長としての職域を超えたものも時折紛れ込んでくる。獅子帝は側近である小姓頭を持たずに、幾人かの小姓にその職務を分担させているが、そちらで処理すべきものの一部が誤って回ってきたようだ。

後宮の管理に関わる書類や、大宰相や軍部からの報告書が届いたこともあった。差し戻そうとしたが、なぜか皇帝はそれらの確認までイルハリムの仕事にしてしまった。

ある時には、寵妃アイシェと彼女の部屋付きの側女、港町で捕らえられた元刑吏の処分に関する書類が、イルハリムの元に届いた。それに関しては、偶然や誤りによるものではなく、彼らの末路を知らせようという皇帝の計らいだったのだろう。

書面によると彼らの罪状は、皇帝の私物を盗み取って売り捌いたことによる反逆罪となっていた。私物というのはおそらく、皇帝の奴隷であるイルハリムのことだ。

量刑もすでに決定していた。側女三名は私財没収の上、宮殿を追放。元刑吏は足打ち刑五十ののち、四日間晒しものにして車裂き。寵妃アイシェは寵妃の位と私財を取り上げ、足打ち刑五十ののち、帝都を遠く離れた地方へ放逐する、とあった。

あとは皇帝の玉璽を待つばかりの、刑の執行書だ。

目を通したイルハリムは、震える手でそれを隣にいる皇帝に差し戻した。

皇帝は顔色も変えずに玉璽を押し、部屋に大宰相を呼びつけると、イルハリムが見守る前で『直ちに執行せよ』と静かに命じた。

後宮を預かる筆頭寵妃でさえ、皇帝の私物に害をなすことは許されない。

命を召し取られなかったのはアイシェが産んだ皇子皇女への配慮だと思われるが、彼女が辿る運命を思えば、慈悲深い処遇だと考えるのは難しかった。

——その夜、久しぶりの高熱と悪夢がイルハリムを苦しめた。

だが、それ以降は憑き物が落ちたように、身体は回復へと向かっていった。


今日の分の報告が一段落したところで、イルハリムは凭れていた皇帝から体を離し、姿勢を正して伝えた。

「……本日、医官より歩行の許可が下りました。室内を歩いてみたのですが、問題ないようです」

手当てが遅れたせいで治りの悪かった足裏の傷だが、今日ようやく完治が伝えられた。

とはいえ、長い間皇帝の寝台に寝たきりで、食事や体を清めるのも側仕えの腕に抱えられて行っていたので、まだ元の通りとは言い難い。

歩き始めにはかなりの痛みがあり、足もすっかり細くなって自分の体重を支えるのがやっとだったが、後は少しずつ体を慣らしていくしかないだろう。

いつまでもこうしているわけにはいかない。何しろここは皇帝の居室だ。

「そろそろ御前を下がらせていただく時期かと……」

と口にして、イルハリムは自分の部屋はまだあるのだろうかと、ぼんやりと考えた。

左足の環についた鈴は七つ。

宮殿では職位が上がるごとに良い鈴に換えられて、歩くと軽やかな音を奏でる。

その数が以前と同じままなのは、処分がまだ決まっていないからだと思っていた。

皇帝がどこまで事実を把握しているのかは定かでないが、夜伽の命を受けていた身で娼館に堕とされたのだから、追放か降格は必至だろう。少なくとも、宦官長の役職を解かれるのは間違いない。目が覚めて以降、仕事に追われてばかりで疑問に思う暇もなかったのだが、果たして今は何の位に就いているのか。

「お前の部屋は隣だ。ただし、まだ部屋を出ることは許さん」

皇帝はそっけない様子で答えた。

隣、と口の中で呟いて、イルハリムは密かに眉を曇らせる。

宦官長の隣の部屋と言えば、下級書記官の控え室だ。

下級書記官とは、宦官長の手足となって働く雑用係。後宮や皇帝の居室、時には厨房や洗濯室にまで出向いて、あらゆる雑務をこなさなければならない。

宮殿中を走り回る激務だが、この足で耐えられるだろうか。

不安そうに足を見るイルハリムを、皇帝は不意に引き寄せた。

「体調はどうだ」

声の調子が変わっていた。

皇帝は寝台の上にイルハリムを押し倒し、顔の横に手を突いて、上から目を覗き込んできた。たてがみのような金褐色の髪が肩から落ちて、まるで金のベールのようだ。

イルハリムは笑みを滲ませた皇帝を、黒い両目で見つめ返しながら答える。

「皇帝陛下のご温情を持ちまして——」

と言いかけて、イルハリムは気づいてしまった。

口づけせんばかりに覗き込んでくる目に、かつてのような情欲の炎が揺らめいているのを。

「……！」

思えばもう一か月以上も皇帝の寝台で寝起きしている。その間、皇帝は隣でともに眠るものの、夜伽を命じることもなく、側女を召すこともなかった。

あれほどに精力を持て余していた皇帝が。

「あの……すぐに側女の手配を……！」

宦官長として最優先で考えるべき問題をすっかり失念していた。

アイシェが放逐された以上、今の後宮に寵妃は一人もいない。側女たちは年若く、皇帝を受け入れるのは難しい。だからこそ、イルハリムが寝所に呼ばれていたというのに。

早急に奴隷商人を呼んで、見目良い妙齢の女を何人か揃えなくてはならない。もしくは、色事に慣れた宦官を探す方が早いだろうか。

慌てて寝台を出ようとするイルハリムを、皇帝の腕が捕らえて引き戻した。

「そうではない」

寝台の上に散らばる書類を投げ落とし、皇帝は金の目で射貫くようにイルハリムを見つめた。

「お前に夜伽を命じても良いかと聞いている」

「……!?」

思いもしない言葉だった。

もうすっかり、そういう意味では興味を持たれていないのだと思っていたからだ。イルハリムは困惑して視線を彷徨わせる。

皇帝に望まれるのは、この上もない喜びだ。

日頃の厳しさからは想像もつかないほど、寝台の中の獅子帝は情愛深く、思いやりに満ちている。

抱き寄せる腕は優しく、愛撫はいつも濃厚だ。

丹念に準備を施した体の中に、皇帝はゆっくりと慎重に入ってくる。苦しめば動きを止め、悦べばさらに深い悦びへと導いてくれる。余韻を楽しむように睦言を交わし、気を飛ばせば目覚めるまで寄り添っていてくれる。

並外れた巨躯を受け入れるのは苦しいが、耐えた後には蕩けるような愉悦が待っている。

熱い体にしがみついて奥深い場所にたっぷりと精を浴びる瞬間を、イルハリムは誇りにさえ思っていた。

けれど、自分にはもうその資格がない。

「陛下、私は……」

どう言葉にすればいいのだろう。

港町の娼館で何人もの卑しい男に身を売り、体中に汚液を浴びせられたのだと、どうして口にできようか。

ここは皇帝の居室で、一か月以上も同じ寝台で眠ってきたというのに。

だが黙っているのはさらなる不敬だ。

意を決して口を開きかけたイルハリムを、皇帝の指が寸前で押しとどめた。

「海軍司令より必要な報告は受けている。お前から聞くべきことは何もない」

「ですが――」

「言うなと言ったのだ……！」

突然、皇帝は隠し持っていた牙を剥き出しにして低く唸った。獅子の名の通り、肉食獣のような二つの金の目が凶暴な光を帯びてイルハリムを射すくめる。

怖れに身を強張らせた次の瞬間――、イルハリムは覆い被さってきた皇帝の胸の中に抱きしめられていた。

「……忘れろ、何もかも。お前が生きて余の側に居れば、それでいい」

苦悩に満ちた声が、イルハリムの耳朶を震わせた。


――かつての皇帝ラシッドは、人を寄せ付けない人物だった。

先帝の五番目の皇子として生まれた彼は、ごく若い頃から周辺国との戦に揉まれて成長した。体格や剣の腕ばかりでなく軍略の才にも恵まれ、先帝崩御の後に起こった皇位争いでは、わずか一年余りで内乱を制してみせたほどだ。

並み居る政敵を退けて至高の座に就いたのは、今からおよそ八年前――三十歳になったばかりの頃だった。若き皇帝はその後も精力的に遠征を行い、地図に描かれる帝国の領土は拡大を続けている。かつて敵対していた国々も、今ではおおよそ属国へと下った。

並外れた長身巨躯に、血を分けた兄弟さえ容赦しない戦いぶり。宮殿にいる誰もが彼を敬い、怖れた。

数限りない側女たちが閨に召されることを望んだが、実際に相手が務まった者はごくわずかだ。宦官長の地位に就く以前から、イルハリムは夜中に泣きながら後宮に駆け戻ってくる側女を何人も見た。夜伽を命じられると、喜ぶどころか沈鬱な表情になる寵妃たちの顔も。

昨日まで笑い合っていた相手が敵となり、敵であった相手が阿り笑いを浮かべて平伏する。媚態を示して身を寄せてきたはずの女人は、寝台に入れば顔色を変えて逃げようとする。

――そんな光景を、皇帝は何度も目にしてきたに違いない。

人を側に置くまいと厳しくなるのも道理というものだ。

「皇帝陛下……」

イルハリムは皇帝の背に両手を回した。大きな体をぎゅっと抱きしめる。

至高の地位に就きながら、皇帝はあまりにも孤独だ。

実のところ、彼が欲するものはそれほど多くないのかもしれない。自分を怖れず側にいて、ただすべてを受け止めてくれる相手。――肌の温もりと悦びを分かち合える相手さえいれば、数多くの美姫も財宝も必要としないのかもしれない。

だからこそ、皇帝はイルハリムを側に置いてくれている。

汚されたことを知りながら、それでも大切な宝を守るように、こうして腕の檻に閉じ込めるのだ。


イルハリムは、故郷の名すら知らぬ異国人だ。

射干玉の髪と漆黒の目は帝国では珍しく、好奇と蔑みの視線を受けてきた。

後宮に買われて、食べる物にも寝る場所にも困らずに済んだが、いつ放逐されてもおかしくない宦官奴隷の身。足元が常にあやふやで、自分の居場所をどこに定めてよいのかもわからない。

その漠然とした不安に近いものを、誰よりも強く高貴な皇帝も抱いているのかもしれない。

至高の皇帝に、イルハリムが捧げられるものは多くはない。

ただの奴隷だ。目を見張るような美貌の持ち主でもなく、初々しい少年でもなくなった。子を為す胎も持たない。

できるのは皇帝の側に寄り添って、望まれたときにいつでも肌で温めることくらいだ。

それだけでいいのだと言ってもらえたなら——。

「私に……陛下にお仕えする喜びを与えていただけますか……？」

厚い胸に頬を押し当てて問いかける。

返事の代わりに、皇帝は抱く腕の力を苦しいほどに強くした。

側仕えの手を借りて、イルハリムは皇帝の居室にある風呂を使った。

体の隅々まで洗い流し、中に香油を用いて準備を施す。

風呂から上がったイルハリムは、そのまま側仕えの腕に抱かれて、続きになった隣の部屋に連れていかれた。皇帝の一番の側近、小姓頭のための部屋だ。

次官のデメルと数人の宦官が、夜伽のための衣装や宝飾品を捧げ持って、そこに待っていた。

「お支度を致します」

恭しく跪いた宦官たちの手で、イルハリムは夜の支度を整えられていく。

水気を吸い取るガウンに包まれて椅子にかけると、宦官の一人が爪を磨くために手を取った。

洗い上げた長い黒髪は、別の宦官が丁寧に櫛を通して香油を馴染ませる。温めたこてを用いて緩く巻いた後、髪は品良く結い上げられ、紅玉をあしらった黄金の飾りで留められた。

露わになった首筋には、高貴な乳香の香油が垂らされた。皇帝ラシッドが用いるのと同じ香りだ。

体温で立ち昇る香りを封じ込めるかのように、その上から紅玉を散りばめた黄金の首飾りを掛けられる。

髪と爪が整うのを待って、ガウンが取り去られた。

代わりに着せられたのは、宮殿では目にしたことのない白い絹の装束だった。

透けるほど薄く織られた練り絹が、肩を覆うように幾重にも重なり、羽のように柔らかに裾を広げている。襟元には壮麗な金の刺繍。染料を用いずに、生糸そのままの色で仕立てられた装束は、重厚さを好む帝国のものには見えない。

これは、異国の服だ。

イルハリムは幼い頃に一度だけ、これと同じ形の装束を見たことがあった。無論これほど豪華なものではないが、祝いの日に相応しい厳かさだけは変わらない。

故郷の村の若い娘が、少しばかりの緊張とともに、誇らしげに身に纏っていた衣装。

「この衣装、は……?」

問いかけるイルハリムに、宦官たちは穏やかに微笑むばかりで答えを返そうとはしない。高まる鼓動を抑えるために、イルハリムは大きく息をついた。

火照る顔に薄く化粧を施され、唇に紅を差される。

美しく装った顔を覆い隠すため、長いベールが頭から被せられた。寵妃となる娘が初めて皇帝の寝室に入るとき、ほかの男の目に触れぬようにと被せられるものだ。

胸が苦しいくらいに高鳴っていく。

次官のデメルがそっとイルハリムの左手を取った。

花の汁で淡く染められた爪先。その指に、あの港町で売り払われたはずの紅玉の指輪が通される。二度と手にすることもないと思われた、皇帝の寵愛の印。

最後にデメルは、小さな宝石箱を恭しく捧げ持ってきた。

真紅の絹を敷き詰めた箱の中に入っていたのは、丸い黄金の記章だ。

息を呑むイルハリムの左足を絹張りの台に乗せ、デメルは七つの鈴を連ねた足環に、新たに記章を取り付ける。

表には獅子帝の名が刻まれ、裏には紅玉で皇室の紋章を象った、小さな飾り。獅子帝の寵妃であることを示す、奴隷にとって最高位の装飾品だ。

台から床に足を下ろすと、揺れ動く鈴と記章が、新たな寵妃を祝福するかのように優美な音色を奏でた。

「御身に祝福あれ」

礼を取った宦官たちが、頭を深々と下げたまま後退して、小姓頭の部屋を出ていく。今まで後宮で何度も立ち会ってきた、初夜の儀式だ。


——今宵、イルハリムは寵妃として皇帝に召される。

込み上げてくる感情を抑えるために、イルハリムは部屋を見回した。少し気持ちを落ち着かせなければ、どんな顔をして扉を開ければいいのかわからない。

初めて足を踏み入れた小姓頭の部屋は、長らく空き部屋だったはずなのに、なぜか懐かしい感じがした。その理由に気づいて、イルハリムは小さく声を上げる。

部屋に置いてある調度や日用品は、すべてイルハリムが宦官長の自室で使っていたものだったからだ。


『お前の部屋は隣だ』

そっけない口調で、皇帝は言った。あの時に言われた隣の部屋とは、ここを意味していたのだ。皇帝の居室と扉一枚で隔てられただけの、出入りが自由な部屋。公私を問わず常に側で仕えるべき小姓頭の部屋を、皇帝はイルハリムに与えた。

そのことの意味を噛み締めながら、イルハリムは一歩を踏み出す。

ひどく傷つけられた足裏は、治癒したはずの今も踏み出すたびに痛みを生んだ。その痛みが、イルハリムに問いかける。――皇帝の寵愛を受ける覚悟はあるか、と。

アイシェは帝都を追放されたが、同じようなことは何度でもあるだろう。

嫉妬という名の剣は、見えない場所で巧妙に研ぎ澄まされ、隙を見せた途端に襲い掛かってくる。皇帝の側にいる限り、一介の宦官ならば知らずに済んだはずの苦難が、これからも待ち受けている。

それでも側に居続ける覚悟があるかと、足の痛みは問うているのだ。

イルハリムは顔を上げて、まっすぐに扉を見つめた。

――この向こうに、皇帝が待っている。

偉大なる帝国の統治者でありながら、胸に孤独を抱えた一人の男。厳格で猛々しい仮面の下に、優しく情愛深い心を隠し持つ獣王。

その心に少しでも触れることを許されるのならば、向けられる切っ先など怖れはしない。

イルハリムは足を踏み出し、皇帝が待つ部屋の扉へと手を伸ばした。

（五）二人きりの婚姻

金の装飾で飾られた取っ手を掴み、重い扉をゆっくりと開く。

扉の向こうは、見慣れたはずの皇帝の居室だ。叱責や報告のために何度もここを訪れ、怪我を負って以降はずっとこの部屋で療養していた。

だが今は、何もかもが違って見える。

大振りの花器に盛られた色とりどりの花、炎を揺らす何本もの蝋燭。華やかな祝い菓子をいくつも並べた、銀製の丸いテーブル。

扉が開いたことを知って、皇帝が部屋の奥から姿を見せた。

白い絹の衣装を身に纏う獅子帝。――その姿を、イルハリムは眩しく見上げる。


厳かな衣装に長身を包んで、獅子帝がイルハリムの元へ歩み寄ってきた。

何色にも染められていない白の絹地に、襟元には壮麗な金糸の刺繍。

肩からは金褐色の豊かな髪がたてがみのように降りかかり、その額にはイルハリムの首飾りと同じ意匠の宝冠が輝いている。

精悍に整った顔に浮かんでいるのは、どこか面映ゆそうな笑みだ。

「……陛下」

泣き出しそうな声が出た。

胸が苦しいほど高鳴るのを覚えながら、イルハリムはゆっくりと進み出る。震える脚で、皇帝の足元に跪いた。

金糸で飾られた裾を両手の指先に取り、あらん限りの敬意をこめてベール越しに口づける。

促されて立ち上がると、正面に立った皇帝がイルハリムのベールを捲りあげた。化粧した顔を熱っぽい視線で見つめられ、気恥ずかしさに頬が熱くなる。


「……良く似合っている」

緊張でいたたまれなくなりかけた頃、皇帝が静かに告げた。

満足そうな声の響きに勇気を得て、イルハリムは思い切って訊ねてみた。

「陛下は……これが何の衣装か、ご存じなのですか……?」

手の震えを押し殺すように、柔らかな袖を握り締める。知らぬと言われたら、どんな反応をすればいいのかわからない。

「さて」

微かに笑う気配に、イルハリムはぎゅっと目を閉じた。

はぐらかすような言葉とともに、イルハリムの体は獅子帝の腕に攫われていた。

「ぁ……ンッ……！」

短く悲鳴した口を唇で塞がれて、横抱きに抱かれたイルハリムは寝台へと連れていかれた。

軽々と抱き上げる腕、温かく逞しい胸板。

鼻を擽る芳香が、薄れていた記憶を呼び覚ます。——あの港町の娼館で、確かにこの匂いを嗅いだことを。

高貴な乳香の香りと微かな体臭が混じり合った、特別な匂い。悦びを分かち合い、汗ばんだ体で抱き合ったときに香る獅子帝の匂いだ。

間違いない。脱いだ上着でイルハリムの全身を包みこみ、汚れた体を厭いもせずにしっかりと抱き留めてくれたのは、この腕だ。

死の淵から呼び戻そうと、何度も名を呼ぶ声。口移しで水を与えてくれた唇の感触。

他の誰かと思い違うはずなどない。助け出してくれたのは、海軍司令ではなかった。

あの時来てくれたのは——。


「ン、ンン……！」

太い首に両腕でしがみついて、イルハリムは皇帝の唇を貪った。

音を立てて何度も吸い、それでも足りぬと唇を舐める。

伸ばした舌を絡め取り、皇帝は喉の奥で笑って噛み付く素振りをした。イルハリムもそれに甘噛みで返す。

唇を交わしたまま悠々と足を進めた皇帝は、イルハリムの体を寝台に下ろした。

「……何の衣装か知っているか、だと」

飢えた肉食獣のような目で見つめながら、声だけはそれを押し隠すように笑いを含んでいる。

「この地上に、余の知らぬことなどない」

鼻の先を触れ合わせて、金の目の獣が囁いた。

涙を溜めた目でイルハリムは皇帝を見つめる。


イルハリムが纏うのは、遠い東の国の婚礼衣装だった。

村長の娘が、これに似た衣装を着て他所へ嫁いでいったのを覚えている。立派な家に迎えられるのだと、村中が大騒ぎだった。

そして皇帝の逞しい長身を包んでいるのは、これと対になる装束だ。

生糸そのままの柔らかな白に、襟元を飾る精緻な金糸の刺繍。黄金の宝冠、黄金の首飾り。同じ形の紅玉――。

「イルハリム――余はお前を欲する」

白い婚礼衣装を纏った皇帝が、イルハリムに求愛した。

異国から来た宦官の奴隷。皇帝の私物に過ぎないイルハリムに、厳かな声で獅子が問う。

「お前は、余を欲するか?」

激情を抑え込んだ声音だ。今にも獲物に食らいつこうとしながら、それを寸前で押し留めているかのような。

胸が詰まって声が出せずに、イルハリムは皇帝を見上げた。

敵対するものをことごとく葬り、剣を以てこの広大な帝国の支配者となった皇帝ラシッド。――時に乱暴で荒々しく、時に慈愛に満ちて優しいこの男に、イルハリムはずっと心惹かれていた。

奴隷に自分の意志などというものはあってはならない。金銭で売り買いされ、誰の所有物となっても、身を粉にして働くことだけを求められるものだ。

けれど、心を持たないわけではない。

「……欲しています。もう、ずっと前から……」

温かい掌、抱き寄せる腕の強さ。

身を穿つ凶暴な牡と、それがもたらす忘我の悦び。

首筋に満足そうな吐息を感じる充足感。交わす睦言の柔らかさ。乳香の香りに包まれて眠る幸せ――。


いつの頃からか、寝所に呼ばれる夜を心待ちにしていた。

寵妃や宦官たちを欺くことに後ろめたさを覚えながらも、風呂で念入りな準備をし、深く被った頭布で顔を隠して廊下を行く。金貨を持たされるたびにやりきれない思いになり、今日が最後ではないかと不安になる。

いつか宮殿を出される日を思うと怖ろしくて、せめて仕事は疎かにすまいと、疲れを隠して働いた。

皇帝の側にいられるだけでいい。彼の人が健やかで、充実した日々を送る姿を見られるのなら、それだけで満たされる。——そう自分に言い聞かせて、いつ飽きて遠ざけられるかもわからぬ不安を和らげてきた。

アイシェに呼び出されたあの日。

絶望と同時に、この煩悶から解き放たれるのだという安堵が確かにあった。

惨めに捨てられる前に姿を消せば、少しの間だけでも皇帝の心に残れるのではないか。すぐに忘れられると思いながらも、ほんの一瞬でも惜しんでもらえるなら本望だとも思っていた。

だがそんなものに何の意味があっただろう。本当の望みはまったく別のところにあったのに。

「命尽きるまで……どうか、お側に置いてください……！」

イルハリムは心のままに口にした。

奴隷が抱くにはあまりにも大それた望みだ。

身に纏っているのが厳かな婚礼衣装でなかったなら、決して言葉になどできなかっただろう。

白い長衣を着た皇帝が、眩しいものを見るように目を細めた。


「死が我らを分かつまで」

感情を抑えた低い声で、皇帝が粛々と続ける。

ここには宣誓の書も、契りを証し立てる法官の姿もない。

互いを生み出した家族の同席もない。イルハリムの家族は生死も知れず、獅子帝は兄弟を自らの手で葬った。

片方は東方から売られてきた奴隷、もう片方は至高の帝国の支配者。

——だが今この瞬間、ここにいるのはラシッドという名の一人の人間だった。

イルハリムを伴侶として娶る、ただ一人の相手。

「病めるときも、歓びのときも」

皇帝は身をかがめ、イルハリムの額に恭しく口づける。

「我らは永遠に互いのものだ」


額に口づけを落とした唇が、左右の頬にも押し当てられ、唇に重ね合わされる。

幸福を噛み締めるように、今度はゆっくりと互いの唇を啄ばんだ。鼻腔に獅子帝の乳香が届く。

イルハリムは手を伸ばし、頬を掠める柔らかな髪を指の間に滑らせた。太い首、盛り上がった肩。肌に触れる滑らかな練り絹の感触。

皇帝もまたイルハリムのベールと髪の留め具を取り、指を入れて結い上げた髪を崩した。皇帝のための装いだ。乱すことを許されるのは、皇帝以外にない。

長い黒髪が敷物の上に広がった。

「お前は余のものだ……この髪も、夜空のような瞳も」

目を閉じたイルハリムの瞼に口づけて、皇帝は絹の衣装の襟元から手を滑らせる。

時には剣を握って戦の指揮を執る掌は肉厚で、指も太く長い。

その指に胸の飾りを抓まれて、イルハリムは小さな鳴き声をあげた。

「ここもだ」

「ぁ……んっ……」

ぷくりと膨れた肉粒を弄られると、胸元に甘い電流が走る。ここがこれほど感じるようになったのは、皇帝に抱かれるようになってからだ。

指で愛でられ、舌でくすぐられる。熱い口の中に含まれて、時折は歯を当てられて、絶頂を味わう最中に指で抓まれ——。

脚をもじもじと擦り合わせて息を乱すイルハリムに、皇帝は欲望を隠さない声で囁いた。

「ここに飾りを着けてやろう。余の名を刻み込んだ黄金の環を穿って、余の宝石である紅玉が揺れるように……」

「ひぅ……ッ」

指の腹で乳首を潰されて、イルハリムはその甘美さにすすり泣いた。

首にも指にも足元にも、所有権を示すように獅子帝の紅玉が揺れている。なのに皇帝はまだ足りぬと言うのか。

着けたところで余人の目には触れぬというのに。契りを交わしたことを忘れぬよう、この敏感な場所に宝石を飾ると。

イルハリムの脳裏に、飾りを穿たれた自分の姿が思い浮かんだ。

重い金の環が柔肉に食い込んで、歩くたびに乳首を揺らす。それはきっと、皇帝の指に抓まれているような心地にしてくれるはずだ。

昼も夜も、一人きりの時にも、皇帝の気配を感じていられる。

離れていてさえ存在を主張する飾りは、交わるときにはもっと痛烈な感覚で、皇帝のものとなったことを教えるだろう。

息も吐けぬほどの剛直に突かれて、胸の紅玉も煌めく。獅子の牙が食い込む痛みは、きっとイルハリムを狂おしく鳴かせるに違いない——。

「着けてください。陛下の所有である印を、私に……」

着物の襟を緩めて、イルハリムはささやかに主張する胸を皇帝に差し出した。

ツンと立ち上がったそれを、皇帝は愛おしそうに指の腹で撫でた。

「色の良い石を選んでやろう。お前の象牙色の肌が映えるように」

胸の尖りが皇帝の唇に包み込まれる。

濡れた舌に押し潰され音を立てて吸われると、下腹がきゅっと疼いた。歯を立てられると甘い痛みに啼き声が漏れる。

下腹部から零れ出た温かい湿りが、腿を伝って絹の衣装を濡らしていく。

——もう欲しくてたまらない。

イルハリムは胸元に顔を埋める皇帝の頭を両腕に抱き、その髪に鼻を埋めて口づけした。

「陛下……どうか、私の口に栄誉をお与えください」

口淫を許されるのは信頼の印だ。決して主人に逆らわず、最大の敬意をもって奉仕すると確信されていなければ、決して与えられることはない。

「許す」

皇帝の返答には迷う素振りもなかった。

長衣を脱ぎ落した皇帝が、高く積み上げた枕に背を預ける。鍛え上げた美しい裸体が目の前に現れた。

厚く盛り上がった胸の筋肉に、引き締まって割れた腹部。

その下方で渦を巻く金の体毛は、少年のころに性器を失ったイルハリムには永遠に手に入らないものだ。

草むらから頭をもたげ、すでに勢いを持ちかけているものを、イルハリムは羨望をもって見つめた。

これほど悠々として見事な牡をイルハリムは他に知らない。

張りつめてえらが張った先端、筋を浮かせた太い竿、すっと伸びた剛直の力強さ。

これが身体の中に入ってくると、息もできないほどの圧迫感に苦しめられる。

だが、いくらもしないうちに苦痛は快楽に変わり、体中蕩けるような悦びがイルハリムを支配する。

声をあげ尻を揺さぶり、まるで一匹の獣になったかのように、皇帝の牡を貪らずにはいられない。

そんなイルハリムを、皇帝はいつも存分に啼かせてくれた。

イルハリムは皇帝の足元に跪き、袖に包んだ両手で恭しく捧げ持った。あらん限りの敬意をこめてその先端に口づける。

「咥えよ。お前が余を思う心の深さと同じだけ」

尊大な声で皇帝が命じた。

そうと言われて、どうして生半可な奉仕ができようか。

イルハリムは上目遣いに皇帝を見つめ、主を迎える唇を舐めて濡らした。

十分に潤してから舌を伸ばし、円を描くように先端を舐め回す。そっと優しく、羽で触れるように繊細に。

勢いを増す逸物は、上下に揺れて持ち上がっていく。それに舌を巻きつけて濡れた唇で包み込み、長大な凶器をゆっくりと口内へ迎え入れた。

「……ッ……」

珍しく余裕を失って、皇帝が息をつめた。

歯を当てぬよう細心の注意を払いながら、イルハリムは喉の奥へと皇帝を導いていく。顎が外れそうなほど立派な幹を舌で巻き取り、喉の行き止まりに怒張の先端を擦りつけた。

息苦しさと吐き気で額に汗が浮かんだが、怖気そうになる自分を叱咤して頭を上下する。

今からこの立派な牡で腹の中をたくさん突いてもらうのだ。今までの交わりよりももっと深い場所まで、気を失うほど激しく。

体と体をぴたりと合わせ、一分の隙も無いほど抱き合って、正気をなくすまで愛でてもらえる。そのことを思えば、辛いどころか、喉を突く大きさがいっそ心地よいほどだ。

「イル……」

上擦った声で皇帝が名を呼んだ。

吐き気に蠕動する喉を指で愛しげにくすぐって、本能のまま腰を突き上げたいのを堪えてくれている。イルハリムは頬を窄めてそれに応えた。

皇帝が息を詰まらせるのが聞こえ、鼻の奥に微かに精の匂いを感じた。

その途端、皇帝の手がイルハリムを引きはがした。

「もうよい。それ以上は余が持たぬ」

初めて聞く弱音を吐いて身を起こした皇帝は、あっという間に体を反転させ、イルハリムを寝台に組み敷いた。

婚礼衣装の裾から手が忍び込んでくる。

久々に交わるイルハリムが十分に準備できているかを、皇帝は確かめようとしたらしい。

伸ばした指がトロトロに濡れそぼった内股に触れて、金の目が見開かれた。

「お前」

「……お許しください……」

イルハリムは顔を真っ赤に染めた。新床にあるとも思えぬ淫蕩さを皇帝に知られてしまったからだ。

熱く火照る顔を両手で隠しながら、イルハリムは蚊の鳴くような声で答えた。

「……陛下に愛でていただけると想像しただけで、もうここが……アッ……！」

言いきらぬうちに、太い指が待ち続けた窄まりに潜り込んできた。

「は、ぁああ……ッん……！」

付け根まで埋め込まれた指を、イルハリムの濡れた肉は歓喜して迎えた。吸い付くように奥へ奥へと呑み込んでいく。

柔らかさを確かめるように指を中で動かされた途端、ギリギリのところで耐えていたものが弾けた。

「ッ……いく、ッ……いっちゃ、ぅ……やぁあッ！」

ぶるる、と震えを放って、イルハリムはあっけなく悦びを極めた。

皇帝の腕を汚して、脚の間が濡れていく。

「お前というやつは……！」

快楽の証に絞り込んでくる肉から指を抜いて、皇帝は隆々とした剛直を宛がった。そのまま低い唸りをあげて身を埋めていく。

「……あ……、あ、あ……ッ！」

あまりにも逞しい皇帝の牡に、イルハリムが上擦った鼻声をあげた。

入り口を限界まで押し拡げ、絡みつく肉襞をものともせず、皇帝は圧倒的な重量でイルハリムを侵略する。

下腹が引き攣れる重苦しい痛み。失った性器の付け根を内側から押し上げられ擦られる快感。極太の肉棒がイルハリムを貫き、所有の印を刻みつけていく。

「あぁぁ――ッ……」

一気に高く舞い上がり、そのまま失墜する感覚に、イルハリムは体を仰け反らせて叫んだ。

「……そら、入ったぞ……！」

歯の間から搾り出すような声で皇帝が宣言したが、もう頭に届かない。

引き締まった腰に両脚を絡めてしがみつき、大きさに馴染む間も待てずに尻を振り始める。

「あぁ、いい……ッ、陛下、陛下ッ……好きです、陛下……ッ……」

突っ伏して動きを止めた皇帝にイルハリムはしがみつく。

壊れてしまいそうなほどいっぱいに、皇帝の怒張が中を埋め尽くしていた。押し拡げられる下腹の苦しさも、今はただ狂おしい喜悦としか思えない。

こうやって皇帝の熱い体を受け入れるのが好きだ。

いっぱいまで拡がって張りつめた入り口も、脈打つ幹を咥えて蜜を溢れさせる下腹の奥も、突き殺されるかと思うほど深く押し入られた体の奥も、どこもかしこも叫びだしたいほど気持ちいい。

「陛下……好きです、陛下……中でいきます、もう、いっちゃ、うッ……あぁぁッ、いく、ぅ……ッ」

「こ、の……ッ」

快楽を貪るイルハリムに引きずられて、皇帝が低く吠えた。

奔放に腰を躍らせるイルハリムを押さえ込み、淫らな肉を罰するように穿ち始める。

「この好き者め！　余を狂わせる淫婦めが！」

「やぅ、ッ……あ――――ッ……あ――――ッ！」

奥を責め抜かれたイルハリムが全身を突っ張らせて叫んだ。

ずり上がろうとする体を引きずり寄せ、恍惚に酔いしれるのを許さずに、皇帝はなおも深く穿ち続ける。

「二度と離さぬ」

噛み締めた歯の間から皇帝が唸った。

花嫁衣裳を捲り上げ、脚を大きく開かせて二つ折りにする。鈴をつけた足環が悲鳴のように鳴り響いた。

その可憐な音を聞きながら、獅子帝ラシッドは組み敷いた体を、濃い黄金の目で見下ろす――。


男でも女でもない平坦な下腹が、噴き出る蜜で光っていた。

象牙色の柔らかな腹が内側から隆起して、中に呑み込んだものの存在を露わにしている。

男でも女でも、これほど見事に自分を受け入れてみせた者はいない。怯えもせず、苦しみをただ耐えるのでもなく、艶やかに舞って悦びを享受してみせた者など初めてだ。

ラシッドは、先帝の五番目の皇子として生まれた。

体格にも才覚にも恵まれたし、運や家臣にも恵まれたほうだろう。

敵国も競争相手も叩き落として皇帝の座に就き、屈強な軍隊に広い領土、権威も富も名誉も手に入れた。手に入らぬものなど何もないと思っていた。

――この宦官を腕に抱くまでは。


無防備に腕の中で眠る存在を得たとき、ラシッドは生まれて初めて自分が孤独だったことに気づいてしまった。

肌を合わせる行為は、欲望を解消するためでも何かを奪うためのものでもない。互いの温もりを分かち合うためにこそ抱き合うのだと、異国生まれの宦官に教えられた。

とるに足らぬちっぽけな奴隷。

それが自分の首にしがみつき、無我夢中で口づけをせがんでくる。

信頼と敬意に満ちた目で自分を見つめ、何を命じても怖れることなく触れてくる。

その充足感と愛しさは言葉で言い表すことなどできはしない。

満たされたと感じた時、ラシッドは何もかも手に入れたはずの自分が、実際には何も持っていなかったことを知った。

山ほどの黄金も美しく着飾った女たちも、この黒髪の宦官一人が与えてくれたものには遠く及ばない。

ラシッドが心の底で求めていたものはここにある。世界の果てでも大海原の向こうでもなく、手を伸ばせば届くところにあったのだ。

「陛下……好き、好きです陛下……もっとして……」

うわ言のように言いながら、小柄な宦官がしがみついてきた。両手で皇帝の頭をかき抱き、飢えたように唇を吸ってくる。

吐息の合間に唾液を啜りながら、その腰は飽くこともなく自分を求めて揺れ続けていた。

「イルハリム」

ラシッドは淫らな伴侶に望みの物を与える。

口づけしながら腰を大きく揺らすと、唇の間から甘えるような喜悦の声があがり、濡れた媚肉が搾り取るように絡んできた。

港の視察で偶然手に入れた花嫁衣装が、歓喜の蜜で象牙色の肌に貼りついている。雄の獣欲を駆り立てる扇情的な姿だ。

二度と離しはすまいと、奥を力強く突きあげる。

「ヒィッ……アッ、アッ、気持ちいい……こんなの、いっちゃうッ……もうおかしく、アッ、ああああ――ッ……」

イルハリムが何度目かの法悦を訴えた。初夜の花嫁には相応しからぬ乱れぶりだが、それがラシッドには好ましい。

ほかの男を知る肉体に嫉妬を覚えぬとは言わないが、抱かれることに慣れた宦官だったからこそ、生娘が泣いて逃げるような自分を受け入れることができた。あまつさえ娼館に放り込まれても生き延びて戻ってきた。それで十分だ。

帝国の領土は大陸中に広がり、後継者たる皇子たちもいる。至高の帝国に君臨する皇帝としての務めはすでに果たしたはずだ。

あとはただ一人の男として、伴侶の腕の中に安らぎを見出してもよかろう。

「イルハリム……余の側を離れることは許さんぞ」

ラシッドの言葉に答えることなく、愛する伴侶は足の鈴を鳴らして身を仰け反らせた。紅玉を連ねた首飾りを揺らし、柔らかな喉が尾を引く叫びを迸らせる。

その体をラシッドは抱き寄せ組み敷いた。

必要ならば足に鎖を繋いで、この部屋を出られないようにしてしまおう。全身を黄金で飾り立て、その重みで身動き取れなくしてやるのもよい。

獅子帝の寵愛がどのようなものかを、骨の髄までわからせてやろう。

「お前は永遠に、余の宦官長だ……！」

忘我の悦びに酔いしれる頬に口づけを落として、ラシッドは情熱を解き放った。

「――それから、第一皇子殿下の師より、そろそろ殿下の地方赴任をご考慮いただいてもよろしい時期ではないかと、ご進言がございました」

朝食の給仕をしながら、イルハリムは昨夜伝えきれなかった報告を行った。

「もうそんな歳か」

「はい」

テーブルいっぱいに並んだ皿を次々と空にしながら聞いていた皇帝は、隙をついて蜜漬けの果実をイルハリムの口に放り込んだ。皇族しか口にすることを許されない高価な菓子だ。

ほかの側仕えも周りにいるのだが、彼らは何も見なかった顔で沈黙を守っている。

「法政学への理解が不十分だと聞いた気がするが、あれから学びは進んだのか。いくら後見人が付くとはいえ、政治の仕組みもろくに知らぬままでは地方を治めるのは難しかろう」

「ン、ン……ええと、それは」

口の中の果実を急いで飲み込むべきか、それともしっかり味わうべきか。

決めかねて口をもごもごさせる宦官長を見て、皇帝は後ろに手を振った。宦官長を残してあとは全員出て行けとの合図だ。

二人きりになったところで、皇帝はイルハリムの前に果物皿を押しやった。

「給仕はいいからゆっくり食べろ。今より痩せられると抱き心地が悪くなる」

啼きすぎた日の翌朝は、疲れが残って食が進まない。

それを知る皇帝は、自分用に用意された皿をしばしばイルハリムに寄越してくる。

皇帝ラシッドは気難しいことで良く知られ、臣下に優しい言葉をかけることなど滅多にないが、周りの目がないときにはイルハリムをまるで家族のように扱う。

「一度詳細な報告を上げさせよ。お前が目を通して足りぬところは補うよう、法政学の師に伝えておけ。それから宰相たちに赴任先の候補をあげておくようにもな」

「承知いたしました」

食事を終えた皇帝は、必要な指示を出し終えると、政務の準備をするべく立ち上がった。

慌てて自分も立ち上がったイルハリムは、『あ……』と声をあげて動きを止める。

それを横目で確かめた皇帝は、口元ににやりと悪い笑みを浮かべた。

「まだ痛むか？　……ん？」

珍しく優しい声を出した皇帝は、手で胸元を押さえたイルハリムを後ろから抱き寄せ、その頬に唇を寄せる。

「いいえ、もう痛みは……」

目元に朱を昇らせて、イルハリムが答えた。

少し前に皇帝の手で乳首に黄金の飾りを穿たれた。その飾りが、イルハリムには少し重い。

用心して動いているときには平気なのだが、気を抜いて何かをすると胸に甘美な疼痛が走って、まるで皇帝の指に苛まれているような気分になる。

皇帝はそれを知っていて、ことさらに優しい声で問うのだ。

「痛みがないのなら、どうした？　言ってみよ」

恥じらいに潤んだ黒い目で、イルハリムは間近にある皇帝を恨みがましく見上げた。わかっているくせに、言わせる気なのだ。

口をへの字に曲げて答えずにいるイルハリムに、後ろから抱きすくめた皇帝が手を伸ばした。脛まである宦官長の長衣の裾を捲り上げていく。

男とも女ともつかぬ、少年のような白い足が現れた。

左の足首には瀟洒な金の足環が嵌まり、そこに連なる鈴は、二つ増えて九つになった。黄金の記章も、紅玉を光らせて揺れている。

腕の拘束から逃れるように身じろぐと、鈴がリリリ……と可憐な音を立てた。

膝の上まで裾が上がったところで、内股を伝い落ちた昨夜の名残が冷たさを帯びる。


「もしや、紅玉が小さすぎたのではないか？」

イルハリムの手の上から、皇帝が胸に触れた。

胸の飾りは、柔肉を穿つ黄金の環に、乳首と同じ大きさの紅玉が下がったものだ。明るく透き通った紅玉は、イルハリムが動けば輝きながら小さく揺れる。

素直に甘えてこないのは、宝石の大きさに不満があるせいかと、皇帝が揶揄った。そんなことはあるはずがないと、皇帝の方がよく知っているくせに。

イルハリムは観念して振り返り、背後の皇帝に口づけを強請る。

顎を捕らえられ、待ち構えていた唇に吸い取られた瞬間、あぁ、と切ない溜め息が零れ出た。

政務の時間が迫っているのに、今日もまた宰相たちを待たせてしまう。外で待機している小姓たちにも何と思われることか——頭の片隅をそんな思いが掠めたのは一瞬だった。

長衣越しに尻の狭間を押し上げてくる肉棒が、恥じらいも慎みも忘れさせる。


「……陛下が……欲しくなりました……」

悔しそうに目元を染めながら、イルハリムは途中まで上がった長衣の裾を自ら捲り上げた。内股に幾つもの吸い跡が残る象牙色の肌が露わになる。

乳首を苛む飾りのせいで、すっかり皇帝の愛撫が恋しくなってしまった。

指に紅玉を挟んで虐められたい。飾りが無い方の乳首も優しく噛んでほしい。

濡れていく足の間に、もう一度たっぷりと精を注ぎこまれて、皇帝の雄々しさと乳香の匂いに一日中包まれていたい。

「食事より、陛下を食したいのです」

唇を吸って求めてきたイルハリムを、皇帝は両腕の中に捕らえた。

喉の奥で獣のように笑い、二回り小柄な体を軽々と横抱きにする。

「奇遇だな。ちょうど余も食い足りぬと思っていたところだ」

獅子と謳われた皇帝は、悠然と歩き出した。

手にした獲物の肉をもう一度食らおうと、絹を敷き詰めた寝床の中へと——。

（六）番外　獅子帝の黒い猫

鳥の鳴き声を聞いて、皇帝ラシッドは目を覚ました。

帳の外はまだ薄闇に包まれている。起きるには早い時刻だが、よく眠れたようで目覚めはすっきりしていた。

左の肩には温かな重みがある。深く眠れたのはこの温もりのせいだろう。

暗い寝台の中で、ラシッドは寝息を立てる相手をよく見ようと、頬にかかる黒髪に触れた。

指の間を滑り抜けた髪の下から、象牙色のきめ細かい肌が現れる。その頬にも顎にも、成人男子に付き物の体毛は見当たらない。

柔和な顔立ちは絶世の美貌とは言い難いが、人の心をほっとさせる優しさがある。

細い顎と形良く整った小さめの唇。指で抓むのにちょうどいい小振りな鼻。少々控えめな鼻筋も、この宦官らしくて愛らしい。

柔らかな弧を描く黒い眉、瞼に沿って影を落とす長い睫毛。

瞼を開けば、そこにあるのは濡れて光る漆黒の瞳だ。

闇よりもなお深い色の瞳は、感情の起伏を読みがたい。黒い目は瞳孔の動きが見えにくく、血の気を昇らせても色が変わらないからだ。

初めの頃は、それが胡散臭く思えて好かなかった。

指の背で頬をなでると、薄く開いた唇から寝息のような声が漏れた。

「……ぅ……ん……」

瞼の下で眼球が動くのが見えたので目を覚ますのかと思ったが、昨夜もさんざん啼かせた相手はラシッドの腕に顔を擦りつけただけで、また寝入ってしまった。

体を丸めて眠るさまを見ていると、まるで寝台の中に猫でも潜り込んできたかのようだ。

喉の奥で笑いを殺して、ラシッドはこの黒い猫を初めて抱いた日のことを思い出した。

「さっさと連れていけッ！」

叱責の声を放つと、床に座り込んだ側女は火が付いたように泣き出した。

しくじったと思った時には、もう遅い。怯え切った娘は床に張り付いて金切り声をあげ、宦官たちが二人がかりで歩かせようとしても動こうとしない。

甲高い泣き声に余計に苛々して、ラシッドは床を踏み鳴らした。

「宦官長ッ！　余の後宮にまともな側女はおらんのか！」

「申し訳ございません」

ラシッドは声が大きい。生まれつき体が大きいうえに、戦争三昧でここまで来たので、激すると軍に下知するような厳しい大声になってしまう。

女子供から怖がられるのも道理ではあるが、呼びつけた側女にことごとく逃げ回られたのでは、さすがに腹が立って声を抑える気にもなれなかった。

皇子を産んだことで寵妃に昇格させたアイシェが、裏で何やら画策して寵妃や側女を放逐したことは、ラシッドも知っていた。

まともに夜伽を務めるのはあの女くらいだったので、少々のことは大目に見てきたのだ。まさか、他の女をすべて後宮から追い出していたとは思いもしなかった。

今の後宮に居並ぶ女たちは、老女を除けば初潮が来たかも怪しい小娘ばかりだ。

なるべく年長の、我慢強そうな娘を選んでみるものの、どれもこれも判で押したように怯えて逃げ回る。まるで化け物でも目にしたかのような怖れようだ。

アイシェは出産に備えて離宮入りしている。責任を問うてやりたくても、まだ当分は帰ってこない。模擬戦や剣の鍛錬で気を紛らわすのももう限界だ。

新しい奴隷を買い取らせても、後宮に入れられるのは処女だけと決まっている。結局同じような小娘しかやってこないだろう。

怒りの持って行き場を見つけられないまま、ラシッドは頭を下げる小柄な宦官長の頭布に向かって怒鳴りつけた。

「怠慢もいい加減にしろ！　側女の躾はお前の職務だろうが！」

「仰せの通りでございます。まことに申し訳ございません」

ラシッドの落雷のような怒声に、床で蹲る側女と宦官は凍り付き、顔色を失くして震え出した。

しかし怒鳴られている当の宦官長はと言えば、深々と頭を下げたまま、彼らに早く退室せよと手で促している。いやに落ち着き払っているではないか。

衛兵や小姓たちですら、皇帝の怒りを怖れて部屋に入ってこようともしない。側女は腰を抜かして震えあがっている。

それなのに、責を問われるべき宦官長がこれほど淡々とした様子を見せるのは、皇帝たる自分を小馬鹿にしているせいかと、ますます怒りが募っていく。

確か古参の宦官のはずだ。今度のことは自分の責任ではないと、開き直っているのか。

ラシッドは、頭を下げたまま動かない宦官を睨み据えた。

筆頭寵妃のアイシェが離宮へと下がって、ひと月ほどになる。

この状態を招いたのは、疑うべくもなくアイシェであろうし、その行いを見過ごしてきた自分自身でもある。しかし、代理とは言え、後宮の管理を任された宦官長に、責任がないとは言えない。

一か月という時間があったのだ。新しい奴隷を入れるための予算も組ませてある。

そこは機転を利かせて、乳臭い小娘ばかりでなく、皇帝の閨を満足させるような熟練の女を用意すべきなのではないか。

「側女の教育が行き届きませず、申し訳ございません」

決まりきった謝罪はもう聞き飽きた。

ラシッドにもわかってはいる。自身が並外れて大きく、力も強いのが一番の要因だ。

宮廷の貴族たちさえ、面と向かって相対すれば顔に怖れを貼り付かせる。こちらが何も言わないうちにしどろもどろになって、聞きもしない言い訳や命乞いをし始める。煩わしいので、不用意に威圧せぬよう臣下の席を遠ざけたくらいだ。

この部屋へやってくる側女たちも、初めは皆愛想笑いを浮かべている。

頬を染め、緊張の中に誇らしげな様子さえ見せて、ラシッドの歓心を買おうと懸命なのがわかる。

厚い胸板や太い腕を目にしても、むしろ恍惚とした表情を浮かべるほどだ。

しかしいざ事に及ぼうと衣服を緩めた途端、サッと顔色を変えるのだ。

猛獣の檻に閉じ込められたかのような怯えぶりに、宥めてやる気も起きない。

それでも初めの数人は我慢した。

後宮に入る側女たちは生娘であることが条件だ。ほかの男の手がついていない女を入れようとすると、どうしても年若い娘になる。処女のまま閨房のあれこれを教えるには限界があることも理解はする。

だがもう一か月だ。

この際、生娘である保証などなくていい。礼儀作法を仕込む時間がなくてもいい。

呼びつけられたら泣かず喚かず、ただ黙って寝台に転がる女が一人いればそれでいいのに、たったそれだけの要求が叶えられない。

大本の原因は自分にあるとわかってはいるが、ラシッドの我慢も限界だった。

「お前は余から与えられた責務を軽々しく考えておるようだな」

引きずられて部屋を出ていく側女と、慌てふためく宦官たちを横目で見ながら、ラシッドは底冷えのする声を出した。

「余の忍耐にも限度があるぞ」

「けっして疎かにするつもりはございません。力不足を幾重にもお詫び申し上げます」

同じ姿勢で頭を下げたままの宦官長が、静かに答える。

吹けば飛ぶような宦官のくせに、真正面から皇帝の叱責を受けて狼狽える様子もない。謝罪はしごく真っ当だ。それがまた余計に腹立たしい。

「ならばこの責任をどう取る!? 代わりにお前が寝台に侍るか！」

言いながら、ラシッドは頭布ごと頭を掴んで顔を上げさせた。

いったいどんな不貞腐れた顔で同じ詫びを繰り返すのかと思ったが、向き直らせた顔は思った以上に若かった。

宦官の長の地位に就くからにはそれなりの年齢のはずだが、ラシッドの目に映る顔はようやく成人したばかりの若者のように思えた。

彫りの浅い柔らかな顔立ちと象牙のように淡い色の肌は、異国の出身であることを表している。髪は頭布に隠されて見えないが、眉と瞳は黒だった。

濡れた黒曜石のような瞳が、蝋燭の灯りに照らされながら、ラシッドを見つめ返してくる。

怯えて震えあがっているのかとも思ったが、黒々とした漆黒の目からは恐怖も阿りも、何も読み取ることができなかった。

「責任は私にございます。どのような罰もお受けいたします」

品のいい口元が動いて言葉を紡ぐのを見るうちに、抑え込んでいたラシッドの下腹が滾り始めた。


――宦官、というのは宮殿に仕える者の中で、去勢された男を言う。

後継者を残さないので臣下として重用されることもあるが、多くは後宮に入って側女や寵妃の身の回りの世話に従事する。そのほぼ全員が奴隷だ。

幼いうちに去勢されたものは、声が太く変わることもなければ髭も生えない。背丈もさほど伸びず、男とも思えぬ柔らかな体つきになると言われている。娼館ではそれなりの高値が付くらしい。

目の前の宦官長は、外見的にはまさにそういう宦官だった。

声も顔立ちも優しげで、髭の痕跡一つ見当たらない。――これならば、女だと思えなくもない。

「……寝台へ行って、犬のように這え」

ラシッドは低く命じた。

狼狽して逃げ帰るかと思ったが、宦官長は一礼するとしっかりした足取りで寝台に歩み寄っていく。左の足首で鈴がシャラシャラと鳴った。

鈴の数は六つか七つか。

若く見えるが、それなりに宮殿での場数は踏んでいるようだ。

多少は肝も据わっているようだが、おそらくこの宦官は、側女たちが泣き喚いてこの部屋から逃げ出そうとする理由を知らないのだろう。ならばわからせてやればいい。

皇帝ラシッドがどれほどに強大か。端の小娘如きに夜伽が務まる相手かどうか、骨の髄まで叩きこんで、わからせてやろう。

そうすれば、もう少し知恵を絞って職務に取り組むようになるはずだ。

「裾を捲れ」

さすがにこの宦官は命じられた意味を正しく理解しているようだった。

あれこれ言わずとも、ラシッドがことを行いやすいように、寝台の端に足を開いて四つん這いになる。命令を聞き返すこともなく、迷いもない動作で裾を捲り上げた。

立ったまま犯せるちょうどの位置に、男とも女ともつかぬ幾分丸みを帯びた尻が突き出される。

最後の情けで、ラシッドはそこに香油を垂らしてやった。

「良いか、これは余の閨を軽んじたことへの罰だ」

「……畏まってお受けいたします」

人形のような宦官長は、従順に答えた。口ぶりだけは殊勝で、それもまた小憎らしい。

ラシッドは捧げられた肉体を見下ろした。

薄闇に浮かび上がる小振りな白い尻は、思いのほか艶めかしく目に映った。

香油を掌に垂らして、ラシッドは自身を駆り立てる。まともな女に当たっていないせいか、溜まりきった欲望はすぐに隆々と猛り始めた。

ほかの男と比べたことはないが、側女たちの反応を見るに、自身の陽物はかなり大きいのだろう。それは察せられたので、女を抱くときにはいつも手加減をしている。

窮屈に思いながらも欲望を抑え気味にして、過度な負担をかけてしまわぬように気遣ってやるのだが、それでも泣き出す女が大半だ。これ以上どうしろというのだと、怒鳴りつけてやりたくなる。

生憎、ラシッドには本気で怯える相手を手籠めにして愉しむ嗜好はない。

半端に興奮を高めた状態で、途中で相手を解放せねばならぬ腹立たしさは、宦官などには到底理解できぬものだろう。

ならば二度と同じような失態がないように、身をもって教えてやればいい。


両手で掴んだ尻肉は、思いのほか柔らかだった。ひやりとした肌はきめが細かく、掌にしっとりと馴染んでくる。

「入れるぞ」

自身を宛がって宣言すると、返事の代わりに息を吐いて力を抜く気配があった。覚悟だけは良いようだ。

「う……」

体を傾けながら狭い入り口に亀頭を押し入れると、押し殺した呻きが聞こえたが、両手に掴んだ腰は逃げようとはしなかった。

大きいとは思っているだろうが、実際の大きさまでは知るまい。どこまで耐えるか見物だと思いながら、ラシッドはゆっくりと身を沈めていく。

女の蜜壺以上に、宦官の肉は狭かった。四方八方から絞り込んでくる圧。眉を寄せてそれを堪え、じりじりと奥へ進んでいく。

雁の部分が通り抜けるときにはかすかな呻きが上がったが、女たちの騒がしい泣き声に比べればか細い吐息のようなものだ。両手両足を踏ん張り、何度も小刻みに息を吐きながら、宦官はまだ耐えている。

——そろそろ泣きが入る頃だ。死に物狂いで逃げようとして暴れ出すに違いない。

そう思いながらも、ラシッドはなおも身を進めていく。

宦官は荒い息を吐いてはいるが、やめてくれとも言わず、寝台の上を這って逃げようともしなかった。

挿入が半ばを過ぎた時に、迷いが生じたのはラシッドの方だ。

女と違って、男のここは本来何かを受け入れるような場所ではない。怪我を負えば治療が難しい場所でもあるため、下手をすれば死んでしまうこともあり得る。

宦官を犯して嬲り殺したとなると、ますます側女たちは怯えるだろうし、ラシッド自身も寝覚めがよくない。

交わりを途中で止めねばならぬことなど日常だ。ここで終わりにしてやっても罰としては十分だろう。

だがそう思うさなかも、宦官の肉はラシッドの欲望を少しずつ受け入れ、呑み込んでいく。とても受け止められそうにもない小振りな尻だというのに、重みをかけて圧し掛かっていくと、体重をかけた分だけ身が沈んでいく。

まるで底なしの沼だ。呑み込まれ、温かい肉に包みこまれていく。

もう、止められる気がしなかった。

行けるところまで行きつきたい。

咥えこむ肉の感触に奥歯を噛み締めながら、もう少し、もう少しと進んでいく。宦官の肉は緩やかにうねりながら、それを受け止める。

――まさか、こんなことがあるはずがない。

そう思った時には、ラシッドの体は少し冷えた宦官の尻に密着し、猛り狂った欲望は余すところなく狭い肉に締め付けられていた。


「……入ったぞ、全部……」

口から出た呟きは、呆然とした響きを帯びていたに違いない。

どんな女もこれほど深くラシッドを受け止めたことはない。その心地よさに、不覚にも呻きが漏れる。

汗を浮かべた肌はひやりとしているのに、潜り込んだ体内は温かだった。熱を帯びた粘膜がラシッドの砲身に絡みつき、強弱をつけながら絞り込んでくる。

処女地に踏み込んだ時の窮屈さと、手練れの女から搾り取られるかのような肉襞の蠢き。

堪らず、ラシッドは腰を突き上げ始めた。

「……ッ、……ッ、ッ……ウ……ッ」

四つん這いになった宦官が声を押し殺す気配がした。

ずいぶん苦しげなその響きに、過ぎた罰を加えている自覚はあったが、ここまできてしまえば止められるものではない。ともすれば暴走しそうになるのを最後の理性で踏みとどまり、思いきり突き上げたいのを緩い動きに留めるのが精いっぱいだ。

今は何も言うな、とラシッドは胸の内で念じた。

興醒めするような悲鳴はあげてくれるな。もう少しの間だけ、こうして温かい肉にすべて包まれる心地を味わいたい。

「……ぅう……う、ッ…………あ……！」

ラシッドの願いに反して、苦しみに耐えかねたように宦官は腕を崩れさせ、体が僅かに逃げていこうとする。

すまぬと思いながらも、ラシッドは両手でその尻を引き寄せた。

あとで十分な褒賞はくれてやるから、今このひと時だけ我慢せよと願う。敷布を握りしめる手が苦痛を表していたが、ラシッドはそれを見なかったことにした。

もうすぐ終わる。あともう少しだ。

最後の頂に昇りつめるために、少しばかり動きを激しくした――その時。

「あ！　……ぁあぁッ！」

ついに怖れていた悲鳴が上がった。

――そう思った途端、ラシッドの牡は熱い肉の中に深々と呑み込まれていた。

ちゅっぷ、ちゅっぷ、と粘る水音がする。

ラシッドを咥えこんだ白い尻は、淫靡に動いて濡れた肉壁の最奥へと、先端を擦りつけていた。

誰にも受け入れられなかった凶器に食らいつき、四つん這いの宦官は鼻から抜けるような悲鳴をあげた。

「あ、あああ、あああぁ……あぁ、い……いッ……ッ……」

それが苦痛に耐えかねた悲鳴でないことは、もう明白だった。

男とも女ともつかぬ掠れ声で、宦官が啜り泣く。

「お、く……あっ、あっ、奥が、蕩ける……ッ、奥が、あっ、ぁあ――……ッ」

嬌声としか思えぬ声とともに、象牙色の尻が貪欲に揺れる。

ごくりと唾を飲み込んで、荒々しい息を一つ吐いた後、ラシッドは淫らに踊る腰を両手で捕らえた。

――奥が蕩けると言ったのか、この宦官は。

誰もが途中で音を上げた陽物に、奥を突かれて蕩けてしまいそうだと、そう言ったのか。

「……ここか」

「ひゃ、うぅッ……！」

腰を入れて突き上げると、ラシッドの掌の下で宦官の腰が大きく跳ね上がった。

媚肉がしゃぶりつくように絡み、容赦なく精を搾り取ろうとしてくる。

そうはさせるかと焦らすように小刻みに突くと、強情な宦官がついに泣きながら懇願した。

「あぁ、お許しをッ……もう許してください、陛下……ッ」

敷布に顔を擦りつけて哀訴する言葉とは裏腹に、白い尻は喜悦を示して揺れ続けている。

――不意に大声で笑い出したくなるほどの歓喜が、腹の底から押し寄せてきた。

この貪欲な宦官は獅子帝の逸物を根元まで喰らって、主人の欲望に奉仕するどころか、己が快楽を貪ろうとしているのだ。

「許せだと⁉」

「いひぃぃッ……！」

力強く突きあげてやると、裏返った鼻声が上がった。

律動を少しずつ大きくして悲鳴が高くなっていくのを楽しみながら、ラシッドは手を伸ばして宦官の下腹に触れてみた。

思った通り、ごく淡い柔毛に守られた下腹は蜜でトロトロに濡れている。

ラシッドの極太の牡に犯されて、女のように絶頂を味わった証だった。

「許してほしくば言ってみよ！　どうしてここが！　これほど濡れておるのだ！」

狭い肉壺は、いつの間にかねっとりと絡みつくようにラシッドを迎え入れていた。

突き上げに合わせて尻を振り、媚肉は吐精を強請って全体にまとわりつく。

奥を突けば吸い付かれ、引き抜けば絡めとろうと締め付けてくる。

肌と肌がぶつかるたびに悲鳴混じりの嬌声が聞こえ、長衣に包まれた背が仰け反るさまの、なんと色めかしいことか。

長い黒髪が頭布から溢れ、寝台の上で渦を巻いた。

「言えッ！」

皇帝の命令に答えたのは、恍惚の色を隠そうともしない叫び声だ。

「……果てまし、たッ……今も、ア！　ア――ッ！　……い、ッてる……ッ」

「……く、ッ！」

高く叫ばれた善がり声に、全身の血が沸騰するかと思うほど興奮した。

「……ゆる、し……ゆるして、ッ……おくはッやぁあッ、いっちゃ……――ッ……」

懇願を聞き流して嫌がる奥を責めてやると、宦官は全身を震わせてまた昇りつめた。蠕動する媚肉がラシッドを絞り込む。

奥歯を噛み締めて律動を高めながら、ラシッドは今まで味わったこともない昂揚を覚えていた。

さして大柄でもないこの宦官が、女たちを怯えさせた巨躯を受け止め、あろうことか絶頂に鳴き狂っている。

逃げかかる体を引き戻し、押さえつけて思う存分に蹂躙してやっても、上がるのは胸をくすぐる悦びの声だ。憐れに許しを請いながら、温かな媚肉も柔らかな尻もラシッドを咥えこんで離そうともしない。

奥へ奥へと引き込んで、この雄々しい武器にしか達しえぬ場所を責めてくれと、浅ましいほどにせがんでくる。

――男として、これほどの満足がほかにあろうか。

「出す、ぞ……ッ」

噛み締めた歯の間から低い唸り声をあげて、ラシッドは精を解き放った。久々に味わう吐精は、いっそ獣のように咆哮したいほどの解放感をラシッドに与える。

引き寄せた尻を逃がすまいと、ラシッドは両手に力を込めた。

艶めかしい肉に根元まで埋もれて放つ精の心地よさ。胴震いして最後まで注ぎきってやる。たっぷりと放つと、宦官の柔らかな肉襞は叩きつけられる精液を一滴も零すまいと、吸い付くように締め付けてきた――。


寝息を立てる穏やかな顔を、ラシッドは見つめる。

柔和な顔に薄い笑みを浮かべる宦官長は、この国の人間と比べると感情の起伏に乏しい。

ラシッドが声を荒らげて叱りつけようが、無理難題を言い付けようが、別段取り乱す様子もなく落ち着き払って応じて見せる。

それが小癪に思えて、わざと厳しく当たった時期もあった。

日頃感情を読ませない漆黒の瞳が、動揺して瞬きを繰り返し、潤みを帯びて縋るように見つめてくる瞬間が小気味よかった。

そんな姿を見られるのは寝台の中だけだったから、あれこれと理由をつけては呼びつけて、限界を試すように挑みかかった。


——ラシッドが自分の行いを後悔したのは、この宦官が気を失う姿を見た時だ。

平気な顔をしているかと思ったら、突然虚ろな表情になり、意識を失って床に倒れこんだ。とっさに手を伸ばさなければ、硬い石の床に頭を打ち付けていただろう。

死体のようにぐったりした体を腕に抱きながら、胸が確かに上下していることを縋るような思いで確かめた。

もしもこのまま目の前から消え失せてしまったら——。そう考えると、踏みしめた大地が崩れていくような、とてつもなく空虚な思いに襲われたことを覚えている。

手放せないのだと自覚したのはあの時だ。

過去の記録を調べてみれば、この宦官が先帝の時代に東の商人から買われてきた奴隷だというこ

とがわかった。

出身地はヒヌという名の東の小国だ。今はかつての隣国に攻め滅ぼされ、地図からもその名は抹消されている。

故郷に帰りたいかと問うたラシッドに、生まれ育った場所の名も知らないと宦官は言った。それほど幼いうちに、何もかもを失ってここへ流れ着いたのだ。

ラシッドがヒヌ国の領土であった土地を攻め取り、帝国の領土としたところで、生き別れた身内と出会える可能性はほとんどないだろう。この地上のどこにも、宦官が帰るべき場所はない。

祖国が滅んだことは知らないのだろうが、ここで耐えるしかないことは、本人も良く理解している。だからこそ、どのような扱いを受けても動じもせずに、ただ従うばかりだった。

しかし、宮殿内での宦官の処遇というものは、総じてあまり良いものではない。

ある程度の年齢になって見栄えが悪くなると、帝都の商家などに捨てるような値で下ろされるのが慣例だ。その先はラシッドの知るところではない。

いずれはこの宦官も同じ運命を辿るはずだ。

多少なりとも身を守る手段になるかと、金貨や宝石を与えることにしたが——港の視察に出向いた先で、東の小国のものだという衣裳を手にしたのは、そんな折だった。

今はもう存在しない王朝が、他国へ嫁ぐ王女のために用意した婚礼衣装。

幾重にも重ねられた、透けるような絹地。

高価な染料で染められもせず、仰々しい宝石で飾り立てられているわけでもない。

一見簡素なように見えて、複雑な技巧が駆使された花嫁の服。

温かみのある柔らかな白の衣装は、帝国の華美とはまったく違う美しさでラシッドの目を奪った。

衣装を手に取り、誰かの肌のようにひやりと掌に馴染んでくるのを感じた瞬間、ラシッドの心は決まっていた。

自分の傍らこそ、イルハリムが生涯を過ごすべき場所にするのだと。


帳の外はそろそろ明るさを増しているが、ラシッドの腕にしがみついて眠る宦官はまだ目覚めそうにない。

皇帝の寝台で安堵しきった様子で惰眠を貪る姿に、少しばかりの悪戯心が芽生えてしまうのは仕方のないことだ。

ラシッドは手を伸ばして、胸に着いた紅玉の飾りを指でつついた。

「ん……」

艶めかしい声が漏れ、眉が切なく寄せられたが、それだけだ。

小さな獣はまだ眠りを手放そうとしない。

交合の翌朝はいつも目覚めが遅くて、精力を持て余すラシッドにはそれが少々不満だ。

この小柄な宦官とは体力が違うのだということはわかっているし、夜の間中果てさせるせいで負担が大きいのだということも自覚している。

だが、この宦官が見た目にそぐわずかなりの好き者だということも知っている。体の相性もいい。

せっかく同じ寝台で眠っているのだから、政務に出る前に一度くらい朝から睦み合いたいというのに。

「……ぁ……ん、ん…………ぁぁ……」

金の環に指をひっかけて軽く引くと、脚がもじもじと擦りあわされた。リリ、と足元で鈴が控えめに鳴る。

いったい、どんな夢を見ているのか。

乾いた唇を舌先で舐め、熱っぽい息を吐き出す。滑らかな肌は淡く上気し、弄られて色づいた胸の粒も扇情的だ。

ふとラシッドは思い至った。

同衾する伴侶の性欲が並外れていると知りながら、これほど無防備な寝姿を晒してみせるというのは、むしろ誘っていると考えた方が自然なのではないか、と。

「イル……お前を抱いても良いか?」

半分以上夢の中だと知りながら、ラシッドは耳元で囁いた。

「……はい、陛下……」

と、おぼつかない声で答えが返ってくる。

ならば遠慮は無用だ。

「……え？　アッ⁉　……陛下、何を、ッ…………ぇえッ⁉」

目覚めた宦官が状況を把握できずに慌てた声をあげているが、些細なことだ。

何を言っていようが、いくらもしないうちに濡れた善がり声に変わるのだから。

「朝の責務だ。宦官長」

そう宣言すると、ラシッドは喚く口を唇で塞いだ。


『陛下ッ！　こんな、こんな朝から…………あっ、やっ……ア――ッ……！』

朝の支度に来た側仕えの小姓たちは、扉の前で困ったように顔を見合わせた。

今日も朝から、彼らの上司は偉大なる皇帝への奉仕に余念がないらしい。

おかげでこの頃の皇帝は人が変わったかのように穏やかになり、宮殿は平穏そのものだ。

『なにとぞ、お手柔らかに……お手柔らかにぃッ、やぁあッ、だめッ、そこはだめぇ――……』

扉の向こうからは蕩けるような啜り泣きが聞こえる。こんな声で啼かれて、治まる男がいるはずもない。

居心地悪く佇む小姓たちに、扉を守る衛兵も目のやり場を失って視線を逸らす。

『陛下ッ、ぁああ――……！』

宦官長の朝の奉仕は、まだまだ終わりそうにない。

（七）宦官の少年

『――豆粒のような石をいくら並べたところで話にならん。余の皇妃たるに相応しいものを用意せよ。ウズラの卵より小さい紅玉など持ってくるな！』

扉の向こうから聞こえてきた怒声に、イルハリムは挙げかけた手を下ろした。

中で皇帝と話しているのは皇室専属の職人頭だろうか。このところ、たびたび居室を訪れているようだったが、イルハリムとは鉢合わせたことがない。

それはつまり、顔を合わせないように仕組まれていたということだ。

扉を叩く手を止めたイルハリムに、皇帝の居室を守る衛兵たちが不審そうな視線を向けてくる。

中に入らないのかと問われているような気がして、イルハリムは踵を返した。

ウルグ帝国の第十一代皇帝ラシッドは、並外れた長身巨躯を持つ偉丈夫だ。

彼は先帝崩御後の戦乱を制し、腹違いの兄弟たちを打ち倒して、皇帝の座に就いた。

長い手足に引き締まった胴、体格のいい帝国軍の中にあっても一目で見分けがつく長身。赤銅色の肉体は鎧のように逞しい。

彫りの深い貌は精悍に整っており、目は金褐色。豊かに波打つ髪も同じく明るい金褐色だ。その姿の雄々しさは獣の王になぞらえられ、人々から獅子帝の尊称で呼ばれている。

四十路を目前にした現在も、溢れんばかりの精力に満ちた皇帝だ。

後宮宦官長のイルハリムは、ふとしたことからこの皇帝の寵愛を受けるようになった。

今では宦官の身でありながら、寵妃の印である九つの鈴を足首に飾っている。与えられた部屋は皇帝の居室の隣——小姓頭のものだ。

破格の扱いは一時の気の迷いだと宮殿中の人間が嘲ったが、あれから一年が経過した今も、皇帝のイルハリムに対する寵愛ぶりは変わっていない。

——変わっていないと、思っていた。


『余の皇妃たるに相応しいものを用意せよ』


厳格に命じた声は、扉越しにもはっきりと聞こえた。皇帝は、今まで持つ素振りもなかった皇妃を迎えるつもりでいるのだ。

行くあてもなく廊下を歩きながら、イルハリムは自らの足元に視線を落とした。

足を進ませるたびに、リリ、リリリ、と優雅な鈴の音がする。

左足に嵌まる細い金の環には、美しく装飾された九つの鈴と、皇帝の名を刻んだ黄金の記章が飾られていた。寵妃であることを示す優美な装飾品であり、同時に、ただの奴隷であることを示す足枷でもある。

——数え切れないほど多くいる、奴隷の一人。

毎夜のように閨を共にし、人目のないところでは家族同然に扱ってもらっていても、公的な身分としてはただの奴隷なのだ。

奴隷は皇帝の所有物であり、『人』ではない。『人』ではないから、どれほど寵愛が深くとも臣下にはなれない。

小姓頭の部屋を与えられ、小姓頭としての務めを果たしていても、小姓頭の『代理』でしかない。同じ理由で、寵妃が帝国の皇妃として迎えられることもない。

法に認められた皇帝の『妻』となることができるのは、自由の身分を持つ者だけだ。

寵愛はいつか冷めるもの。

イルハリムはそれを知っている。伊達に十七年も後宮務めを続けているわけではない。

いつか終わりの日が来ることは承知のうえで、今この瞬間の幸福だけで十分だと、自分に言い聞かせて過ごしてきた。いつ宮殿を追放されたとしても、皇帝を心から愛したことは忘れずに生きていこうと、覚悟を決めているつもりだった。

だが、思ったよりも欲が深かったらしいと、イルハリムは自嘲する。宦官の身で一年もの間皇帝の側にいられたのに、それをほんの一瞬のように感じてしまうのだから。

故郷の白い花嫁衣裳を纏い、二人きりで密やかな婚礼を挙げたあの夜が、昨夜見たばかりの夢のようだ。

夢は甘く切なく、苦しくなるほどの幸福感に満ちている。

けれど考えてみれば、確かにここのところ夜伽を命じられる機会が少なくなっていた。

以前は毎夜皇帝の部屋で眠ったのに、ここ半月ばかりは三日に一度呼ばれるかどうか。

朝まで抱き合って過ごすことも、最近は減っている。眠っているうちに運ばれて、目が覚めた時には隣の小姓頭の部屋で眠っていたということも何度かあった。

イルハリムが気づかなかっただけで、皇帝の気持ちはすでに離れていたのかもしれない。

「……」

鼻の奥が熱くなり、イルハリムは上を向いて瞬きを繰り返した。

寵を失うのは仕方がない。しかしことさら切なく感じるのは、皇妃を迎える事実を隠されていたせいだろう。

後宮宦官長であれ、小姓頭代理であれ、皇妃を迎えるならば無関係ではいられない。行事を取り仕切るのも、部屋や調度品を用意するのも、どちらもイルハリムがするべき重要な仕事だ。

それなのに、今まで耳に入ってこなかったということは、皇帝がこの話からイルハリムを遠ざけていたからだと考えて間違いない。

皇妃を迎えると知れば、分不相応な嫉妬の心を抱くと思われたのだろう。

それがひどく悲しかった。

あてもないまま彷徨ううちに、イルハリムの足は中庭に向かっていた。

季節は春が過ぎ、初夏というにはまだ少し早い頃。ちょうど変わり目だ。

大振りな花を所狭しと咲かせていた庭園も、今は小さな花がぽつりぽつりと咲くのみで、その代わりに鮮やかな緑が辺りを覆っている。

胸の中の澱みを払拭するように、イルハリムは大きく息を吸った。

花が盛りの季節には、皇帝と二人で朝の庭園を散策したこともあった。庭に張られた天幕の中で、皇帝の膝に乗せられて喘いだことも。

あの時の花は散って、この庭園にはもう咲いていない。季節が移ろうのと同じように、人の心も変化するものだと思い知らされるようだ。

永遠のものなどない。変わらずにいられるものなど何もないのだ。

故郷から連れ去られた幼い日のように、安寧はいつも唐突に失われる。


荒れ狂う心を持て余していたのは、少しの間だった。

緑鮮やかな木々を見るうちに、徐々に気持ちが凪いできた。

悲しんでばかりいても仕方がない。心の準備ができてよかったと考えることにしよう。突然追放を告げられても、これで取り乱さずにいられるはずだ。——そう思えるようになった。

ぽつりと咲いた小さな花の前で、イルハリムは足を止める。

誰の目にも止まらぬ地味でおとなしい花が、風に吹かれて小さな花弁を揺らしていた。

昔、教えてもらったことがある。

誰も彼もが大輪の花ばかりを欲するわけではない。小さく慎ましい花を好んで、手を伸ばす者もいるのだ、と。

目深に被っていた頭布を落として、花をよく見ようと手を伸ばした、その時——。


「イル……イルハリムか？」

不意に小径の方から名を呼ぶ声が聞こえた。

振り向いたイルハリムの目に、痩身を武官礼装に包んだ軍人の姿が映る。

誰だったかと記憶を探りながら見つめていたイルハリムは、突然男の顔と名を思い出した。

「タシール様」

少年の頃、花の話をイルハリムに語った男がそこにいた。

澄んだ青い目と浅く日に焼けた顔、緩く波打つ金の髪。

すらりとした長身は、最後に会った時に比べてかなり痩せていたが、見間違えるはずもない。

タシールは、帝都に来たばかりのイルハリムを助けてくれた恩人であり、イルハリムに初めて快楽というものを教えてくれた相手でもあった。

「久しぶりだな。息災だったか?」

きびきびとした足取りで目の前まで来た男は、イルハリムに端正な顔を向けた。

「はい……!」

やや高い位置にある顔を、イルハリムは懐かしさを噛み締めながら振り仰ぐ。

最後に顔を合わせたのはいつだったか。

たしか四年ほど前、タシールが帝都を離れる少し前に会ったのが最後だ。


由緒正しい貴族の生まれであるタシールは、四州ある帝国領のうち、東州一帯を治める軍政官となって地方赴任した。帝都に八人いる宰相の一人を父に持つとはいえ、まだ三十代の若さで異例の出世だと、当時は噂になったものだ。

地方へと発つ前に、タシールはイルハリムの昇格を強く推していってくれたらしい。

当時後宮を管理していた筆頭寵妃から、後になってその話を聞かされた。

「どうだ。宦官長の任はしっかり務まっているか」

イルハリムの青い頭布を見て、タシールが尋ねる。

あいまいな笑みを浮かべて頷きながら、イルハリムは紅玉の指輪が嵌まる左手を袖の中に隠した。

「なんとか……。タシール様は、東州からいつお戻りになったのですか」

「昨日着いた。久しぶりに祭りに呼ばれたのでな」

抑揚の少ない声でタシールが答える。以前と変わらぬ様子に、イルハリムは笑みを漏らした。

帝都では建国の祝祭日が近づいていた。

一年のうち最も大きな祭りであるこの日には、高官の任命や皇子の元服など、様々な祝い事が行われる。

帝都に呼び戻されたということは、いよいよタシールの地方赴任も終わり、中央での昇進が待っているのかもしれない。四州の軍政官を務めた後は、宰相かそれに準ずる位に就くのが通例だ。

確か宰相位が一つ空席になったままだったと、イルハリムは思い出した。

「御父君と兄君のことを、お悔やみ申し上げます……」

タシールの父が亡くなったのは、去年の今頃のことだった。跡を継いで宰相位に就いたタシールの兄も、数か月前に同じ病で亡くなっている。

弔意を述べたイルハリムに、タシールは無表情だった顔を少しばかり歪めて答えた。

「あっさり死なれて、拍子抜けだ」

「……タシール様……？」

家族の死を語るというのに、声に憎しみさえ籠もっているように聞こえて、イルハリムは驚いて痩せた顔を見上げた。

訝しそうなイルハリムの視線に気づくと、タシールは何かを誤魔化すように平坦な声で続けた。

「殺しても死なない人たちだと思っていたから、少し意外でね。家督は甥のアシュラフが継いだし、私は気楽な地方暮らしの身だから、今更どうでもいい話だが」

タシールは口角を持ち上げたが、その笑みはまるで仮面を貼り付けたかのようだった。

気楽な身分だとタシールは言うが、彼の家は代々続く名家だ。きっとイルハリムにはわからないようなしがらみがあるに違いない。

昔から、彼は決まった相手を持とうとしなかった。

タシールは、出会った頃には二十代の半ばの、まばゆいほど美しい青年だった。華やかで品もあり、何気ない所作の一つ一つが目を奪われるほど優艶な貴公子だった。

こうして話をしている今も、同じ年頃の他の帝国人とは比べ物にならないほど若々しく、上品な佇まいをしている。ひどく痩せてはいるが十分に見目麗しく、視線を投げかけられるとドキリとするほどだ。

性格は多少偏狭で表情の変化にも乏しいが、心根は優しいはずだった。無力な少年だったイルハリムに、救いの手を差し伸べてくれたのだから。

若くして軍政官に抜擢され、地方を治めた手腕も高く評価されている。

なのに未だに独り身でいるのが、イルハリムには不思議に思えて仕方がなかった。

「ところで、イルハリム」

タシールが話題を変えた。

「せっかく会えたのだから、少し話をしたい。時間はあるか?」

反射的に頷きそうになって、イルハリムは踏み留まる。もう皇帝の部屋に戻らねばならないはずだ。

それに――。

「私はここに用がありますので。どうぞ先にお戻りください」

「……そうか。ではまた今度」

左手を袖に隠したまま断りを述べると、タシールは関心を失ったようにあっさりと引き下がった。帝都にいる間にまた機会はあると考えたのだろう。

去っていく痩せた背を見ながら、イルハリムは詰めていた息をゆっくりと吐いた。


本音を言えば話したいことが山ほどある。イルハリムの抱える不安は大きすぎて、独りでは圧し潰されてしまいそうだ。

だが、連れ立って歩けば、足元で鳴る鈴の音が寵妃となったことを知らせてしまう。宮殿で高官に会えば、ただの宦官長ではなく小姓頭代理の扱いであることも。

たとえ態度には出さなくとも、タシールはイルハリムの出世を喜んでくれるだろう。そしてその地位を追われた時には心を痛めるに違いない。

皇妃が嫁してくれば、イルハリムはまず間違いなく宮殿を追放される。それはどうしようもないことだ。

奴隷と主人という間柄を超え、皇帝には心から惹かれて仕えた。

子を産みもせぬ宦官の身で、一年にも亘って寵愛されたことを感謝こそすれ、不満を漏らす資格などない。飽きられた奴隷が放逐されるのは、いつの時代も同じだ。

だからこそ、昇進を控えたタシールをつまらない話で煩わせたくはなかった。

皇帝に向ける想いとは別に、イルハリムは今でもタシールを慕わしく思っているのだから。

初めて会った日から数えれば、もう十七年になる。

帝都に来たばかりの絶望の日々の中、差し伸べられたタシールの手は、イルハリムにとって唯一の救いだった。あの手を掴まなければ生きていけなかった。

だが、あの頃と今とは違う。

イルハリムは何も知らぬ幼い少年ではなくなり、タシールには帝国重臣としての道が開かれている。何も恩を返せないのなら、せめて耳障りな言葉を聞かせたくはない。


宮殿の中に消えていく背中を見送って、イルハリムは踵を返した。

そろそろ皇帝の部屋に戻らねばならない。きっともう職人頭も居室を辞しただろう。

そう思いながら、何気なく皇帝の居室を見上げる。

「……！」

イルハリムは、思わず息をのんで立ち竦んだ。

バルコニーに立ってこちらを見る皇帝と、目が合ったような気がしたからだ。

「ふぅ……」

書類の束を机に置いて、イルハリムは重い溜め息を吐いた。

使い慣れた宦官長の部屋は、今は寝台と机があるばかりで殺風景なものだ。私物はすべて小姓頭の部屋へと移してある。この部屋は、今は宦官長としての連絡をやり取りするだけの執務室のような扱いになっていた。

少しでいいから一人になりたくて、イルハリムは硬い木の椅子に腰を下ろした。

タシールと中庭で会っているところを見られた日、居室に戻ったイルハリムを、皇帝は奇妙なほど静かに迎えた。

戻りが遅くなったことを詫びるイルハリムに、皇帝はただ一言問いかけた。

『自分の立場を理解しているか』と。

その声があまりに静かだったので、イルハリムは『わきまえております』と答えるのが精いっぱいだった。

それ以上の追及も叱責もなく、皇帝の様子は普段通りのように見える。

だがあの日以来、イルハリムは皇帝との間に緊張を感じてしまって、同じ部屋にいるのが気づまりで仕方がない。

これまでほとんどの時間を皇帝の居室で過ごしていたので、いまさら隣の小姓頭の部屋に逃げ込むのもわざとらしく思われるだろう。

落ち着かないので、何か用を探しては宮殿中を歩き回っているのだが、小姓頭代理となったイルハリムを良く思わない者も多く、どこへ行っても人目が気になる。

結局、使い慣れたこの部屋が唯一の避難場所だった。


ほんの少しだけ、と椅子に座って頬杖を突いた。

その途端、部屋の扉が外から叩かれて、飛び上がりそうなほど驚いた。

まさかここに逃げ込むところを皇帝に見られたのかと、慌てて扉を開けてみると——。そこにいたのは、文官の礼装に痩躯を包んだタシールだった。

「少し話をしたい。中に入れてもらえるか」

以前と変わらないタシールの様子に、一瞬部屋に招き入れそうになったが、イルハリムは思い直した。

先日、皇帝から立場をわきまえるよう言われたばかりだ。

イルハリムは宦官長であり、小姓頭代理であり、皇帝の寵愛を受ける身でもある。

たとえ互いにその気がなくとも、かつて肌を合わせた相手と一つ部屋に籠もったという事実を残すのは好ましくない。

「すみません、もう部屋を出るところでしたので……」

「なら、歩きながら話そう」

遠回しに断ったのを言い訳だと見抜かれたようで、タシールは食い下がってきた。その間にも、タシールの視線は部屋の中を見回している。

私物がなくなった部屋を確かめて、勘のいいタシールは事情を呑み込んだようだ。

「陛下のご寵愛を受けている話は事実なのだな?」

言い当てられて一歩下がった拍子に、足元で鈴がリリ、と鳴った。

寵妃にしか与えられることのない特別な鈴の音を、タシールが聞き違えるはずもない。

観念して頷いたイルハリムに、タシールは小声で切り込むように言葉を続けた。

「――酷なことを言うが、ご寵愛がいつまでも続くものでないことは理解しているだろうね。若く見えても、君もそれなりの年齢だ。それに皇帝陛下は皇妃を迎えるご準備をなさっている。先々のことはちゃんと考えているのか」

歯に衣着せず核心を突いてくる物言いは昔と変わらない。

イルハリムは黙って俯くしかなかった。


タシールに言われたことは、イルハリムにも良く分かっていた。

もうすぐ今のような関係が終わることは覚悟している。

だが、先々をどうするつもりかと問われれば、何も答えられなかった。

皇帝の関心を失った寵妃には、地方の離宮を宛がわれることが多い。しかし子を産んだわけでもない宦官のイルハリムには、そこまでの恩寵が与えられるとは考えにくい。

ならば、どのような末路を辿るのか。宦官が寵妃として扱われた前例はないので、予測は不可能だ。慈悲ある処遇が下されることを祈るしかなかった。

沈黙するイルハリムに、タシールは顔を寄せて囁いた。

「……私の元へ来い、イルハリム」

「え?」

思いもかけない言葉に、イルハリムは顔をあげた。

口づけせんばかりの目の前に、かつてと同じ海のような双眸があった。

タシールの青い目は、どんな時も色を変えることがない。イルハリムを腕に抱く最中も、イルハリムを拒絶した時も、まるですべての感情を切り離したかのように、冷たく澄んでいたことを思い出す。

——不意に、この男に教えられた様々な営みがイルハリムの脳裏に甦った。

イルハリムが育ったのは、海辺の小さな村だった。

ある日そこに見たこともない大勢の兵士が押し寄せてきて、イルハリムたち幼い子どもは拉致された。

肩に担がれて連れていかれる途中、イルハリムは大人たちが血を流して倒れ、あちこちの家や小屋が燃えているのを目にした。

誰も助けには来られないのだと理解するには十分な光景だった。

大きな船の、窓のない船倉に閉じ込められ、端から順に去勢の処置を受けた。泣いて叫んで許しを乞うても、誰もそれを免れなかった。

半月以上の船旅を終えて帝都の港に着いた時には、大勢いた村の子どもは半数以下に減っていた。そこからさらに何人かの商人の手を経て、イルハリムが後宮に買われたのは十二歳の頃だ。

雑用係の小さな宦官。

言葉も風習も違う異国の後宮で、身を守るすべを持たない奴隷は、衛兵たちの格好の餌食だった。物陰に引き込まれ、有無を言わさず犯される。泣いても叫んでもどうにもならないのは、船の中と同じだ。

毎日のように凌辱されるイルハリムを助けたのは、冷たい美貌の青年だった。

『肉体をただ差し出すのは愚か者のすることだ。もっと賢くならねば、ぼろ布のように扱われて死ぬだけだぞ』

海のような青い瞳に、色の薄い金の髪。

彫像のように美しい容貌を持つ青年は、上役に進言して規律破りの衛兵たちを除籍し、自室にイルハリムを連れ帰って手当てしてくれた。

声音も表情も突き放すように冷たかったが、手当てをする手つきは丁寧だった。

『最下層のまま終わるな。暴力を避けられないのならば、それを利用して身分の一つでももぎ取ってこい』

当時帝都の内政官だったタシールは、泣いて縮こまるイルハリムを、平易な公用語と片言の東方の言葉を交えて奮い立たせた。

そして風習や最低限の教養など、帝国で生き延びる方法を教えてくれた。

掃いて捨てられるような異国人の奴隷に、タシールがこれほど親身に接してくれた理由を、イルハリムはいまだに知らない。

ただ、この時タシールが手を差し伸べてくれなければ、生きてここにいなかったことだけは確信できた。

傷が治るまでとの約束で、タシールの部屋に匿われて数日。

十分な休息と食事を摂り、風呂で体を磨いたイルハリムは、年頃の少年らしい瑞々しさを取り戻した。

汚れていた黒髪は艶やかに光り、かさついていた象牙色の肌にも香油が馴染んで、触れると掌に吸い付くようになった。

伸ばし放題だった髪を肩のあたりで揃えてもらうと、鏡の中の自分はまるで育ちのいい少女のように見えた。

『誰もが振り向く大輪の花より、小さな花を好ましく思う者もいる。そういう相手を捕まえて利用することだ』

そう言って、タシールは目を覗き込んできた。

切れ長の青い目は少し冷たくて、まるで故郷の海のように澄んで綺麗だった。

タシールはその目で、イルハリムの黒い瞳を眺める。

『漆黒か。これほど濃い黒だと、感情が読みにくくて敬遠もされる。痛い目に遭いたくなければ、人と接するときには微笑むようにするといい。好意を向けてくる相手に、たいていの人間は厳しくしないものだ』

淡々と諭すタシールの顔が近づいてきたと思った時には、イルハリムの唇に柔らかいものが触れていた。

口づけされているのだとわかったが、まるで家族にされたように違和感も嫌悪感もなかった。

戸惑って見つめるイルハリムに、タシールは口角を軽く上げて見せた。

『私から、見返りをもぎ取ってみるか?』

温度のない青い目が、品定めするように見ていた。


『湯を使って体の中を清めてきなさい。香油を塗り込めるのを忘れぬように』

準備の仕方は、青年が教えてくれた。

イルハリムは言われたとおりに、小さな手に香油を取って、中に塗り付ける。

部屋に戻れば何が行われるのかはわかっていた。

あの衛兵たちがしたのと同じことを、今からあのタシールという青年にされる。

両足を開かれ、硬くなった肉の棒でこの中を苛まれるのだ。

「……ッ」

イルハリムは竦むように息を吸い込んだ。

怖い。暴力にさらされて、無防備な場所を傷つけられるのは恐ろしい。

けれど、ここで逃げ帰ったところで状況が良くならないこともわかっていた。

もっとひどいことをする奴らに捕まって、もっと苦しい目に遭わされるだけだ。それくらいなら、あの青年の相手をして何らかの見返りを求める方が、まだ望みがある。

イルハリムが故郷から持ってこられたのは、この体一つ。生き抜くために使える道具はこれだけだ。

だったら、せめて見返りを望める相手に差し出す方がいい。

タシールの部屋に戻ったイルハリムは、震える唇の両端を持ち上げて、笑みを浮かべて見せた。

「僕を……抱いてください、タシール様……」

生まれて初めて、イルハリムは自分の意志で男に体を預けた。

爪を短く切り揃えた指に、琥珀色の香油が煌めきながら伝っていく。

「息を吐いて。力を抜いておきなさい」

その言葉とともに、濡れた指が体の中に入ってきた。

「ぁ……!」

思わず逃げかかった体がタシールの手に押さえ込まれる。

衛兵たちに比べて大柄には見えなかった青年だが、肩を押さえた力はイルハリムの抵抗を完全に封じる強さだった。

「怪我をしたくなければ、力を抜け。そうすれば痛くはない」

恐怖に震えながら、イルハリムは青年を見上げる。

タシールが言う通り、まだ痛くはない。長い指を根元まで押し込まれて、異物感と僅かな排泄感があるのみだ。

けれどこれだけでは終わらないことを、イルハリムは知っている。

指の次にはもっと大きなものが入ってくる。泣いて痛がってもお構いなしに突き入れられ、体の中をかき混ぜられる。

終わった後はそこが腫れて痛んで、汚れを清めるだけで叫び出しそうな日が何日も続いて……。

震え出したイルハリムを、タシールが低く叱咤した。

「私から見返りをもぎ取るのだろう。それとも、今夜も泣き寝入りで終わるつもりか」

もっと賢くなれ、とタシールは言った。

イルハリムは震えながら息を吐く。

衛兵たちを処罰した後、この青年は傷の手当てをしてくれて、空腹が満たされるまで食事をくれた。心地のいい温かな寝台で眠らせてくれて、上等な石鹸と香油で体を磨いて、髪を切って綺麗にしてくれた。

優しい人だ。きっとひどいことはしない。

前の自分にはもう戻りたくなかった。後宮の隅で飢えと寒さに震えながら、誰にも気づかれずに死んでいくのは嫌だ。

美味しいものを食べ、温かい寝床で眠って、怯えずに生きていたい。

「……ああ、そうだ。上手にできている」

汗ばんだ体を寝台に預けて力を抜いたイルハリムに、タシールは満足そうな声をかけた。


体内に埋まった指が、中で動き始める。

時折香油を足しながら、長い指が肉襞の中をまさぐった。指は円を描くように動き、イルハリムの下腹を内側から何度も押してくる。

その指の感触を追ううちに、不意に、粗相しそうな感覚が下腹を襲った。

「あ……！」

それは、今まで感じたこともない感覚だった。

身体の奥が、きゅっと引き締まるような感じがする。排尿の欲求にも似て、それでいてどこか甘く切なく、叫びだしたいような心地がする。

「……あ……っ、あ……」

思わず指を締め付けると、タシールの指は中を叩くように小刻みに動いた。

単調な動きなのに、下腹に響く。

臍の奥が疼くように熱くなり、体中が汗ばんで火照ってきた。時折痺れるような震えが背筋を走り抜けていく。

怖いような、気持ちがいいような、不思議な感覚。

「……やぁ……ぁ……」

子猫のような鳴き声を上げて、イルハリムはタシールの肩にしがみついた。

いつの間にか足の間が少し濡れている気がして、顔が火を噴きそうに熱くなった。

「呑み込みが早くていい。いいか、この感覚を忘れるな」

粗相しないようにと必死で息を詰めながら、イルハリムはガクガクと頷いた。頭の中は緩みそうな堤防のことでいっぱいだ。

ついに我慢できなくなって、イルハリムは開いていた足を閉じ、タシールの腕をぎゅぅっと締め付けた。

「タシール様、ごめんなさい。僕、もう……ッ」

泣きそうになりながら訴える。

漏らしてしまいそうだとは、怖くて言えない。でももう我慢しすぎて足が震えて、お腹の奥までおかしくなっている。

「……あ、ああ……ッ!」

きゅん、と体の奥が縮み上がる。

――言わなければ、と思った瞬間。

「やぁぁ……ッ！」

どこか甘さを帯びた疼きが腹の奥に広がって、イルハリムの脚の間は温かいもので濡れていった。

「見返りを考えておくといい」

左右に割られた膝の間に、ガウン姿のタシールが身を割り込ませてきた。イルハリムは目を開けたまま、放心したように横たわる。

『生まれた村に帰りたい』――そんな言葉が口から出そうになった。

けれどあの村に戻っても、きっともう何も残っていない。焼け落ちた家、倒れて動かない大人たち。散り散りになって逃げていった兄弟――。

どこの国の、何という名の村だったのかさえ知らない。村以外の場所で生きていくなんて、思いもしなかったから。

もう故郷には帰れない。流れついたこの場所で生きていくしかない。だったら――。

「……ウルグの……」

指よりもずっと太いものが宛がわれるのを感じながら、イルハリムは声を絞り出した。

「……帝国のことを……教えてください。僕がここで生きていけるように……」

タシールの言うことは正しい。泣いていても何も始まらない。ここで生き抜くと決めたのなら、もっと賢くならなければいけない。

「わかった。約束しよう」

熱いものが肉を割って入ってきた。

衛兵たちにされた時とは違う。下腹を押される圧迫感と同時に、先ほど味わったばかりの甘い疼きが湧き起こってきた。


「覚えておくといい。これが君に許される唯一の『快楽』だ」

イルハリムは脚を男の腰に絡めて、両手でしがみつく。

タシールが動き始めると、臍の下全体に甘い疼きが広がった。

「……気持ちい、いっ………や、ぁぁ、これ、好き………気持ちいぃ……」

首筋に顔を埋めて喘ぐイルハリムを、タシールが冷たい碧眼で見下ろす。

「……イル、君は賢い子だよ」

どこか悲しげな呟きが聞こえた。

（八）訣別の時

今ではもう、遥か昔のことのようだ。

少年だったイルハリムに、美しい青年貴族のタシールは様々なことを教えてくれた。

帝国の言葉と文字。歴史、風習、禁忌。

目上の人間への接し方や礼儀作法、好まれる贈り物まで。

頼る者のない少年が、異郷で初めて手を差し伸べてくれた相手に惹かれていくのは当然の成り行きだっただろう。イルハリムは瞬く間にタシールに傾倒した。

昼も夜も、冷たく見下ろすタシールの眼差しが頭を離れない。彼に認めてもらいたい一心で、知識も教養も、閨での手管も必死になって覚えた。

だが、熱を上げるイルハリムとは裏腹に、タシールの態度はそっけなかった。帝国で生き延びる力を得たと判断するや、ぴたりと会ってくれなくなったのだ。

若い肉体が求めるまま、イルハリムは他の男たちに身を許すようになった。あれほど怖れていた衛兵や、後宮を訪れる宮殿の下官たちにも。

最下層の奴隷とはいえ、言葉遣いや所作は完璧な帝国流の礼儀作法を身につけている。肢体はよく手入れされ、男の欲望を満たすすべまで心得ている、若く瑞々しい少年だ。以前のような無体を働かれることは、すっかりなくなった。

それどころか、求めずとも見返りを用意して、様々な便宜を図ってくれる相手が少なからずいたほどだ。

そうしてイルハリムの足環の鈴は少しずつ増えていき、成人する頃には瀟洒な鈴が五つの音色を奏でるようになっていた。

鈴が七つに増えたのは、今から四年前のこと。

東州の軍政官に任ぜられたタシールが、地方へと発つ前に、当時の筆頭寵妃に対してイルハリムの昇格を進言してくれたからだ。


「私とともに、東州へ来るといい」

かつては取り付く島もないほど冷たく扉を閉ざしたというのに、今になってタシールは自分の元へ来いと言う。

タシールと肌を合わせたのは、無力な少年だったあの時だけ。

彼はまるで有能な師のように、恐怖に身を縮めるイルハリムを解きほぐし、交情の快楽を教えてくれた。

だが、それだけだ。イルハリムが自分の足で立てるようになると、その後は時折言葉を交わすだけで、決して手を触れようとはしなかった。

性交を望まないだけで、何かしらの好意は持たれているのだろうか。——その考えを、イルハリムは否定する。

多くの相手と褥を共にし、皇帝に激しく愛された今だからこそわかる。タシールはイルハリムに対して一片の恋情も持っていない。むしろ嫌ってさえいたのではないか、と。

身を重ねている最中も、海のような青い目はいつも冷たく冴えていた。血の気を昇らせて色を変えるところなど見たことがない。寝台の中では衣服を乱しもしなかった。時折宥めるように口づけしてくれたが、イルハリムから求めたときには顔を逸らして避けられた。

想いを寄せれば寄せるほど、タシールは距離を空けていく。まるで足元に見えない線が引かれ、そこに厚い壁が重ねられていくかのように。

ここから先には一歩も近づくことはできないのだと、諦めていたのに——。

「養子の手続きを踏めば、屋敷と少しの財産を君に譲ってやれるだろう。帝都よりは故郷に近く、東方人もここより多い。君にとって過ごしやすい土地だ」

タシールからの申し出を、イルハリムは複雑な思いで聞いた。


もう少し早くこの話を聞いていたなら、何も疑問に思うことなく、喜んで従っていただろう。

少年の頃に憧れていたタシールが、奴隷ではなく養子として引き取ってくれる。故郷に近い東州で自由民として暮らしていける。——これ以上の幸運はない。

だが、今のイルハリムは皇帝の寵妃であり、小姓頭代理だ。

後宮のことばかりでなく、宮殿の内情にも少しは明るい。

「タシール様……帝都にお戻りになられるのでは、ないのですか？」

礼装長衣に目をやりながら、イルハリムは尋ねた。

文官の正装をして宮殿に来たということは、新たな地位への内示があったはずだ。空席になったままの、宰相位への――。

「宰相位のことならば、打診はあったがお断りした。父の跡を継ぐ気はない」

断固とした声に、イルハリムはますます困惑して痩せた顔を見上げた。

タシールの青い瞳がイルハリムを見下ろしている。

その視線は確かに自分に向けられているのに、どこか遠いところを見ているように思えた。

「……理由を伺ってもよろしいでしょうか」

捉えどころのない視線と向き合って、イルハリムは長年の疑問を口にする。

宰相位を辞退したことではない。

もっと前から胸に秘めていた問いかけだ。

「タシール様は、どうして私を助けてくださるのですか。見返りをもぎ取れと教えながら、貴方は何の見返りもなく助けてくださる。……それは、なぜですか？」

口にすれば、二度と会えなくなるような気がして、ずっと聞けずにいた問いだった。

仮面のようだった無表情が僅かに揺らぎ——やがて何かを切り捨てたかのように、薄い笑みを滲ませた。

「自分が救われたかったからだろう……私は、貴族とは名ばかりの解放奴隷だから」

乾いた唇から紡がれたのは、思いもかけない言葉だった。

イルハリムは息を呑んで、少し高い位置にある顔を凝視した。

柔らかな金の髪。青く澄んだ目。浅く日に焼けた肌に、すらりとした長身。

タシールの容姿は由緒正しい帝国貴族そのものだ。理知的に整った顔は冷たいほど冴え、近寄りがたい気品を漂わせている。

この貴公子が元は奴隷だったなどと、誰が信じられるだろう。噂にも聞いたことがない。

「幼い頃に買い取られたから、知る者はあまりいないが」

イルハリムの困惑を読み取ったように、タシールは言葉を重ねた。

澄み渡った青い目が、僅かに色を濃くした気がした。

「養子として迎えられたことを、死ぬほど呪ったこともある。父と兄をこの手で殺して自由を掴み取る日を、いったい何度夢見たことか」

「……！」

奥歯を噛み締めて、イルハリムは何か言ってしまいそうな自分の口を封じた。

イルハリムは、痩せた顔を見上げた。

かつて健康そうだった顔はひどくやつれ、金の髪もすっかり艶を失っているが、生来の美貌は隠しようもない。氷のような無表情が崩れると、何とも言えない色香が漂うことにも、今更ながらに気づく。

タシールの教えてくれた一つ一つが、脳裏に甦った。

閨に臨むための準備の仕方。挿入の時に怪我をしないための力の抜き方。

男の欲望に奉仕し、満足させて、早く終わらせる方法。体の負担を減らす始末の仕方。

――あんなものが、経験もなしにわかるはずもない。

這い出せない地の底で、無力に犯されて泣いていたのは、幼い頃のタシールだったのだ。

「君を助けることで、かつての自分も救われた気になりたい……多分そういうことだ」

「タシール様……」

他人事のように淡々と、タシールは言った。そう言えるようになるまで、どれほどの苦悩があったのだろう。

今まで一度もそんな話はしてくれなかった。

タシールは様々なことをイルハリムに教えてくれたが、自分のことはほとんど話さなかった。昇進して東州へ赴任する話さえ、人伝てに聞いたくらいだ。

言われてみれば、良家の出身でありながら、タシールがほかの貴族たちと親しくしているところは一度も見たことがない。

誰との間にも距離を取り、決して自分の懐には入らせようとしない。妻や養子を迎えたという話も聞かない。

寝台の上で、タシールは一度も裸体を見せなかったが、もしかしてそれは、服の下に奴隷だったころの痕跡が残っているせいではないのか。

イルハリムの胸についているような、誰かの所有物である印が——。


言葉を失ったイルハリムに、タシールは口角を少し上げて話題を変えた。

「昔の話はこれで終わりだ。これからのことを話そう」

いつも通りの様子に戻って、タシールはイルハリムを見た。痩せた顔には穏やかそうな笑みが浮かんでいる。

その笑みさえも、感情を押し隠すための仮面なのだ。今のイルハリムにはそれがわかった。

心から笑うのではなく、微笑んでいるように見せるための表情。自らの身を守るための擬態だ。

「建国の祝祭が終わると同時に、私は東州に戻るつもりだ。ともに来るなら、君を私の養子として迎える用意がある」

タシールの言葉に、イルハリムは返答できなかった。

構うことなく、言葉は続く。

「東州は君の故郷にも近い。養子の手続きが済めば自由の身だ。故郷や家族を探したいのなら、そうすればいい。たとえこのまま帝国で生きるにせよ、そろそろ宮殿でのご奉仕を終わりにしてもいいのではないか？」

何も言えずにいるイルハリムを、タシールの青い目が射貫いた。

「次の閨に呼ばれた時に、陛下に身分の解放を願い出なさい。君はもう十分にご奉仕した。陛下もきっと快く手放してくださるはずだ」


「上の空だな、イルハリム」

皇帝にそう声をかけられて、イルハリムはハッとなった。

ここは皇帝の居室だ。久しぶりに夜伽の下命があり、イルハリムは皇帝の寝台に侍っていた。

考えてみれば、タシールと話してから初めての夜伽だ。

『——次の閨の時に身分の解放を願い出なさい。きっと快く手放してくださるはずだ』

数日前のタシールの言葉が脳裏を離れない。

「イル」

名を呼ぶ声に咎める響きを感じて、イルハリムは慌てて皇帝に意識を戻した。夜の衣装を脱がされながら、皇帝の逞しい裸体も露わにしていく。

奉仕に集中しなくてはと思うのに、どうしても考えが千々に乱れる。

タシールからの養子の申し出。——そして、今日の昼間に皇帝の居室から聞こえてきた言葉が追い打ちをかける。

『見事な紅玉だ、これならあれに相応しい。建国の祝祭に間に合うように、職人総出で腕を振るうがいい』

皇帝が職人頭に命ずる声は、聞いたことがないほど上機嫌だった。

建国の祭りが、間近に迫っている。

初夏に行われるこの祭りは、様々な祝い事や昇進が公になる、一年で最も大きな式典の日でもある。四日間の祭りの間、宮殿では毎夜宴が開かれ、帝都の市街でも市民を楽しませる催しが幾つも行われると聞く。

イルハリムは小姓頭代理として、その采配の一部を皇帝から任されていた。

八人いる宰相たちや大宰相との取り次ぎ。各所から回されてくる報告の仕分け。後宮で振る舞われる祝い金や菓子の手配。衣装を新調する側女たちと商人との中継ぎ。

数え上げればきりがない。

しかも、少なからぬ官吏がイルハリムを奴隷と侮り、小姓頭代理としての業務を妨害してくるので、余計に手間がかかる。

皇帝の右腕である大宰相が目を光らせてくれていなければ、職務をまともに遂行するのは難しかっただろう。しかし、その大宰相からも、皇妃に関する話は一切教えてもらえない。

皇帝の様子からすると、建国祭の期間中に皇妃を迎えることは、ほぼ決定事項のようだ。

ならば住まう部屋や調度品の手配などをするのも、後宮宦官長であるイルハリムの仕事になる。今はなし崩しに任されている後宮の管理も、皇妃に引き継がねばならない。

もういくらも日がないというのに……。

何も知らせてもらえないのはなぜなのか。胸のうちに蟠るその疑問が、イルハリムを苦しめる。分不相応な考えから、職務を怠るとでも思われているのだろうか。あるいは祭りが終わると同時に、何も言わずに宮殿から追い出す心づもりでいるのか——。

そう考えるとこれまでの心を込めた奉仕さえ否定されるようで、悲しみに圧し潰されそうになる。俯いてしまったイルハリムを、案じるように皇帝が覗き込んできた。

「……どうした。疲れているのか?」

声には労わりの響きがあった。イルハリムは俯いたまま首を振る。

皇帝は優しい。帝国の偉大なる支配者でありながら、二人きりの時にはまるで肉親のようにイルハリムを甘やかそうとする。

胸の奥が苦しいのだと、言ってしまいたい誘惑に駆られた。

『皇妃様をお迎えになられるのでしょう? 心からの敬意をもってお仕えする所存にございます。どうぞ、どのようなことでもお申し付けください』

だが、それを言葉にするのは僭越だ。

皇帝の口から語られぬことを、どうして奴隷の身で問い質すような真似ができるだろう。ましてや意図してのことでないとはいえ、このことは盗み聞きも同然に知ったのだから。

自分を戒めるように、イルハリムは唇を噛んだ。

「いいえ」

泣き出しそうな顔を見られたくない。

イルハリムは俯いたまま、両手を伸ばして皇帝の首にしがみついた。

「いいえ、陛下。久しぶりにお召しいただいたので、少し緊張しているのです」

寂しく思いながら、イルハリムは本心の欠片を忍ばせる。


ほんの一か月ほど前には、朝一番の鳥の声を聞くまで抱き合う日々が続いていたというのに、ここしばらくは夜伽の下命がなかった。

いったい幾日空いただろう。皇帝の心が離れたことは、もう疑いようがない。

そんな状態で、今夜は皇帝を満足させることができるだろうか。

威風堂々たる巨躯に比例して、獅子帝の雄の象徴は並の男とは比べ物にならぬ威容を誇っている。

毎夜肌を合わせていてさえ、最初の挿入の時には息が止まりそうに感じるのだ。日が空けば、その大きさはいっそう強く感じられる。

準備は余念なく行ったが、ちゃんと受け止められるか不安があった。

「辛ければ言え」

太い腕が腰に回る。頬に添えられた手が、イルハリムの顔を仰向かせた。

「お前は何も言わないのが一番の欠点だぞ。余を誰だと思っているのだ」

そう言って唇を合わせてきた皇帝に応えながら、イルハリムは胸のうちで独り言ちた。――至高の存在だとわかっているからこそ、何も言えないのだと。

広大な帝国を支配する、唯一無二の存在。

イルハリムは、その皇帝の私物の一つに過ぎない。

寵愛は受けている。足の鈴は九つ。その数に相応しい待遇も得ている。

だが、飽きられればそれで終わりだ。皇帝はいつでもイルハリムを追放するだろうし、二度と思い出すこともないだろう。

今夜睦まじく愛を交わし合ったとしても、明日も寵愛が続くとは限らない。

皇帝は近いうちに皇妃を迎えて、自分のことなど忘れてしまう――。

「陛下……」

乳首を弄られて息を乱しながら、イルハリムは両手で皇帝の背を掻き抱いた。

「陛下、どうか私にご奉仕をお許しください……」

口淫を願い出ると、皇帝はそれを許してくれた。

寝台の上で皇帝が胡坐をかくと、隆々としたものはすでに体の中心にそそり立っている。今夜のところはまだ求められているのがわかって、イルハリムはそっと安堵の息を吐いた。胸の飾りが不用意に揺れぬよう、片手で胸を押さえながら身を起こす。

右の乳首には、紅玉をつけた黄金の環が穿たれていた。二人きりで挙げた密やかな婚姻の後、皇帝がその手でつけた所有の印だ。

傷が治るまで熱が出て、胸も腫れて痛かったが、イルハリムは幸せだった。

血を滲ませる傷口を労わりの目で見つめながら、皇帝が毎夜優しく手当てしてくれたことを思い出す。

あの日々が今は懐かしい。絶え間ない傷の痛みが、ほんの片時さえも皇帝の寵愛を疑わせなかったからだ。

イルハリムは皇帝の前に跪き、両手で恭しく砲身を捧げ持った。

天を突く肉棒は、これ以上勢いを駆り立てる必要はまったくない。だが口での奉仕を許されるのは、奴隷にとって最高の信頼の証だ。

それと同時に、最初の交わりでのイルハリムの負担を少しでも軽くするための、皇帝の恩情でもある。

いきり立つ肉棒に、イルハリムは敬意をこめて口づけた。

「イル……」

促すように名を呼ばれる。情動を押し殺すような低い声が耳に心地よい。

イルハリムは上目遣いに皇帝を見ながら、大きく張った先端に舌を這わせた。

舌にたっぷりと唾液を乗せて、包むように舐め上げる。

いっぱいに開いた口の中で、脈打つ肉棒が興奮を表してヒクヒクと跳ね、上顎を押し上げてきた。

「ああ……いいぞ、イルハリム……心地よい……」

皇帝の大きな手が、慈しむように長い黒髪を指で梳く。イルハリムは怒張を喉の奥まで咥えながら、伸ばした舌で裏筋を愛撫した。

──新たに来る皇妃は、果たしてどのような女人なのだろう。

頬を窄めて吸い付きながら、イルハリムは考える。

皇妃として立つことができるのは、相応の身分を持つ自由民だけだ。

子を産もうが産むまいが、皇妃の身分は確立している。法の下で婚姻を結んだ皇妃には離縁も追放もなく、死ぬまでその地位に揺るぎはない。現皇帝の母である母后に次ぐ後宮の権力者だ。

果たして皇帝ラシッドが迎える皇妃は、宦官が側に侍ることを許すだろうか。寵妃としては無理でも、宦官の一人として皇帝の側にあることを許してくれるだろうか。

残念ながら、イルハリムにはそうは思えなかった。

皇妃を迎えても、皇帝が奴隷の所持を制限されることはない。しかし後宮の女主人となった皇妃が、皇帝の寵愛を得た側女や寵妃を追放した例は過去にいくらでもある。後宮の平穏のために、敢えて皇妃を迎えない皇帝の方が多いくらいなのだ。

イルハリムも、皇帝が今になって皇妃を迎えるとは思いもしなかった。だが拡大し続ける領土を維持するために必要だと言われれば、納得がいく。皇帝に長年仕えてきた貴族の娘か、あるいは他国の姫君ならば、婚姻することで帝国の基盤はより強固なものとなるはずだ。

考えても仕方のないことだとわかってはいるが、せめて自由の身分だったなら、という思いが胸に去来した。

どんな下っ端役人でも、自由民ならば主従の繋がりが残る。寵愛を得ることはできなくとも、皇帝への忠誠を示し続けることはできる。

もしも奴隷ではなく、自由民であったなら――。

「もういい。お前の中に入るぞ」

「あ……ッ」

急に体を引き上げられて、イルハリムは寝台に押し倒された。もう待ちきれないと言わんばかりに、開いた両脚の間に獅子帝の逞しい体が割り込んでくる。

熱く猛った塊が、口を噤む窄まりに押し当てられた。

「……う……」

皇帝の凶器がゆっくりと沈み込んでくる。

風呂で入念に準備はしたが、やはり大きい。

怪我をしないように気遣って、慎重に入ってきてくれるが、その分奥に辿り着くまでの時間は気が遠くなりそうなほど長く感じられる。

入り口がピリピリと痛み、下腹がずしりと重くなった。

イルハリムはその苦痛を逃がすように息を吐きながら声を上げた。

「陛下……」

男を受け入れるときに、逃げたり叫んだりするなと教えたのも、タシールだ。相手を怒らせて余計な怪我を負う羽目になる。どのみち犯されるのなら、覚悟を決めて相手の名でも呼んでみろ、と。

初めて皇帝に身を捧げた夜、身に余るほどの怒張を受け止められたのは、タシールの教えがあったからだ。

タシールの言うことはいつも正しい。


深く沈み込んでくる皇帝を受け止めながら、イルハリムは考える。

皇帝に初めて抱かれたのは、役目を果たせぬ側女の身代わりだった。

背後から押し入ってくる、信じられないほど強大な牡。その圧倒的な質量と、逃れることを許さぬ力強さに、衛兵たちに犯されたときの恐怖と苦痛が甦った。

恐慌に陥りそうなイルハリムを踏み止まらせたのは、タシールの言葉だ。

『怪我をしたくなければ、息を吐いて力を抜け。どんな責め苦にも終わりはある』

――そうだ。ここで逃げ帰っても、後宮に居場所がなくなるだけだ。怒れる皇帝を満足させないことには、生きていけない。

苦痛に叫びだしそうな口から息を吐き、相手に身を委ねて力を抜く。

興ざめな悲鳴が漏れぬよう袖を噛み締め、長大な異物が身を埋め尽くしていくのをじっと耐えた。

少年だった頃、ここで快楽を得ていた時のことを必死で思い出しながら。

事前の準備も前戯もないままだったが、その分挿入は慎重だった。じわじわと身を押し拡げて、どこまでも深く沈んでくる。

やがてすべてが収まったと告げられた時には、未知の感覚が下腹に生まれていた。

脈動を感じるほど開かれた入り口。ずっしりと重い下腹の圧迫感。——そして、誰も到達したことがないほど奥まで埋め尽くされ、小刻みに突き上げられる初めての感覚。

口を塞げば鼻から声が漏れ、脚は震えて崩れそうになる。

息が止まりそうなほどの苦しさと、臍の奥からせり上がってくる大きな波。

それが快楽なのだと気づいた時には、脚の間はすでに漏れ出る蜜で濡れていた。

『苦痛から逃げられない時には、これは快楽だと自分に言い聞かせることだ』

道具を使った行為を泣いて拒んだ時、タシールに言われた言葉だ。

気持ちがいいのだと、嘘でもいいから声に出せ。その言葉で相手ばかりでなく自分自身さえ騙せたなら、辛いことなど何もなくなるのだと。

イルハリムはタシールの言いつけを守った。

苦しければ苦しいほど、これは気持ちがいいのだと自分に言い聞かせる。そうすることで苦痛に対する恐怖が和らぎ、心に余裕が生まれる。

そこまでくれば、主導権は握ったも同然だ。

相手の怒張を自分のいい場所に導いて、強弱をつけて絞り上げる。小刻みに体を揺らして快楽を煽り、興奮が高まれば大きく腰を振り立てて、一気に精を搾り取ればいい。

相手が比類なき肉体を持つ皇帝であっても、することは同じだとイルハリムは思っていた。尻を使って奉仕し、皇帝を満足させればそれでいいのだと。

だが、交情に溺れたのはイルハリムの方だった。


「……ぁ……ぁあ、あ、あッ……！」

背筋を震えが走り抜ける。腹の最奥を熱い怒張で埋め尽くされる感覚。

少し前までは我を失う法悦の予兆でしかなかったのに、今夜は苦痛の方がいくらか勝っていた。

もしかすると、自分の中に皇帝を拒む気持ちがあるせいではと思えてならない。

「苦しいか、イル……？」

押し殺した声で皇帝が問う。しばらくぶりの交わりで欲望は滾っているだろうに、イルハリムを傷つけてしまわぬよう、衝動を抑えてくれているのだ。

皇帝は優しい。なのに、イルハリムは自分のことばかり考えてしまう。

もう自分は若くない。

これ以上宮殿にいても、今以上の寵愛も出世もない。後は何もかも失って落ちていくだけだ。

そうなる前に――少しでも皇帝の気持ちが自分に向いている間に、身分の解放を願い出て自由民となるべきだ。タシールの提案通り、帝都を離れて東州に行けば、きっとこんな心許ない思いからは解放される。

あの人の言葉が間違っていたことなど、今まで一度もない――。


「陛下……お願い、です……」

下腹の重さに声を詰まらせながら、イルハリムは必死に言葉を紡いだ。

皇帝が動き出せば、話をする余力など失われてしまうだろう。叫んで喘いで意識を失い、気が付いた時にはたった一人で小姓頭の部屋に戻されているかもしれない。

だから、言うなら今しかない。

「イル……」

皇帝が名を呼んだ。

頬に手を添え、浅い息を吐く唇に包み込むような口づけを落として、上から顔を覗き込んだ皇帝が優しく囁いた。

「言ってみろ。お前の願いなら叶えてやろう」

「………」

イルハリムは目を開いて、間近にある皇帝の金の目を見つめた。

気性の荒さで知られる獅子帝は、寝台の中では別人のように細やかな気遣いを見せる。

たかが奴隷にすぎないイルハリムに睦言を囁き、苦痛を示せば動きを止め、温もりを分かち合うかのように悦びを高めてくれる。

それはこの至高の帝王もまた、情愛に飢えているからだ。

親は庇護者となり得ず、兄弟は敵になった。側女も臣下も怯えて顔色を窺うばかり。誰も信用できず、心を許せる相手もいない。――イルハリムはその皇帝の懐に迎え入れられた。

皇帝は、イルハリムを特別な存在として側に置いてくれる。

イルハリムもまた、奴隷という身分を超えて皇帝に心を捧げた。

皇帝の抱える孤独を、少しは癒やせたはずだ。それゆえに、宦官の身でこれほど寵愛されたのだ。

新しく来る皇妃は、果たしてその役目を担ってくれるだろうか。

体躯も声も並外れて大きく、容貌は野生の獣のように精悍。一見すると怖ろしくさえ見えるこの皇帝が、胸の中に溢れんばかりの慈愛と情熱を隠し持ち、懐に入れれば甘く優しく愛してくれることに、ちゃんと気が付いてくれるだろうか。

もしも今までの寵妃と同じく、皇帝の上辺しか目に入らずに、閨を拒むようなことでもあれば……。皇帝が味わう孤独はどれほどのものになるだろう。

効き目が遅い毒のように、孤独はじわじわと心を弱らせる。

戦の常勝も山のような富も癒やしてはくれない。

獅子帝は笑みを忘れ、満たされない苛立ちを抱えて怒りを爆発させ、周りを怯えさせる存在に戻ってしまうかもしれない。

――それを、悔やまずにいられるか。


「……陛下……」

イルハリムは頬を包む皇帝の手に、指を伸ばした。

見事な体躯に、猛々しい気性。誰よりも強く厳しく見えるから、この人が抱える孤独と優しさに気づく人間は少ない。

皇帝が本心から求めているのは、山ほどの財宝でも大勢の美姫でもなく、癒しと温もりだけだ。

イルハリムのような人間をここまで寵愛してくれたことが、それを証明している。

ささやかな癒しと温もり。

何も持たないイルハリムにも、それだけは捧げられる。それを捧げるためだけに、イルハリムはここにいる。

ならばこの男の側に居る以上のどんな意味が、世界中のどこに存在するというのか。

「どうか、手を握っていてください……それが私の願いです」

イルハリムの左手が、皇帝の大きな手を上から包み込んだ。皇帝はイルハリムと指を絡め合わせる。

「イル……」

口元に引き寄せた指輪の紅玉に、皇帝が口づけをした。これを与えた時の気持ちは、今も変わらないのだと告げるように。

イルハリムの胸が熱くなる。
「陛下……私は………お側に居られて、幸せです……」
この手が皇帝から離されるまでは側に居ようと、イルハリムは誓った。
タシールが去り、皇妃が来たとしても。
不要になって捨てられるまでは、イルハリムは皇帝のものだ。
皇帝のためだけに存在する奴隷でありたい。
「イルハリム……余の伴侶よ……」
圧し掛かった大きな体が動き始める。
体の奥から波のような官能が湧きおこり、怒涛のように押し寄せてきた。
攫われるような、深い深い愉悦。
イルハリムは快楽に身を堕とし、皇帝の下で甘く叫んだ。

（九）蜜魚の責め

建国の祝祭が二日後に迫った。

後宮で行われる皇室祝賀の準備と、宮殿で行われる重臣たちの祝宴の手配、昇進を控えた軍政両官たちの事務処理など、宦官長と小姓頭代理を兼任するイルハリムのもとには様々な雑務が押し寄せてきたが、それらもようやく目途が立った。

あとは最終確認をして皇帝に報告するだけだ。


後宮での準備を確認するために、イルハリムは宦官長の部屋に足を向けた。

後宮関連のことは、ほとんどを次官のデメルに任せてある。行き違うこともあるため、報告書や検案書の類は元の宦官長の部屋に提出を依頼して、手が空いた時に見に行くことにしてあった。

書庫同然となった部屋の机には、仕分けされた書類の束が幾つか置かれている。中にデメルや書記官の姿はなかった。皇帝が人員を増やしてくれたものの、後宮の方はまだ細々した用が残っているようだ。

書類の束を手に取ったイルハリムは、その横にひっそりと、小さな手紙が置かれていることに気が付いた。

指で抓めるほどの小さな手紙は、私信であることを表して、筒状に丸めて紐で結ばれている。ここに置かれているということはイルハリムへの伝言だろう。

誰だろうと思いながら、イルハリムはそれを広げた。

『話がある。日没後に中庭の奥の東屋へ』

紙片には書き殴ったような乱雑な文字で、そう書かれていた。署名も宛名もない、端的な伝言だ。

指定された日付は今日。

筆跡は乱れていたが、タシールのものに似ているように見えた。

宰相への就任を辞退したなら、早ければ祝祭が終わった翌日にも東州へ発つはずだ。先日の話の返事を、イルハリムはまだしないままだった。

夕餉の時間を割り当てれば、時間は何とか工面できる。

イルハリムは手紙を机の脇に退けると、デメルからの報告書に慌ただしく目を通し始めた。


昼間は汗ばむほどの陽気だが、太陽が姿を隠すと途端に風が冷たくなる。

イルハリムは闇が深くなっていく中庭を、淡い月明かりを頼りに進んでいた。

宮殿の大部分を占める広い中庭は、奥に行けば乗馬の訓練をするための森と繋がっている。東屋があるのも森の中だ。宮殿からは少し離れているということもあって、日が暮れると立ち寄る者などいないような場所だった。

イルハリムは暗い色の頭布を目深に被り、足首には鈴の音を抑えるための布を巻いていた。灯り一つ持たずに、人目を避けて夜の庭を歩く。

祭りの準備を口実にして、皇帝の夜の給仕は側仕えの小姓に任せてきた。東屋に行って、自分の気持ちを伝えてくるくらいの時間はあるだろう。

タシールが東州に帰ってしまう前に、面と向かって話をしたかった。

養子の申し出は断ることになるが、今までどれほどタシールに救われてきたのかを伝えておきたい。

初めて会った少年の時からずっと、イルハリムはタシールに助けられてきた。タシールがいなければ、とっくに後宮の片隅で冷たい骸になっていただろう。

自由の身分を得てタシールの養子になる。それは夢のようにありがたい話だ。

奴隷としての不安定な身分に怯えることもなく、安寧な日々が待っているに違いない。

だがそれと引き換えに、皇帝には二度と会えない。

獣のような金の目に狂おしいほど見つめられることもない。情欲を抑えた低い声に名を呼ばれることもない。

熱い体に抱きしめられて、掠れた声でその名を叫ぶこともできなくなる。

——結局のところ、イルハリムにはそれが耐えられないのだ。

馬鹿馬鹿しいと、タシールなら嗤うだろう。

いくら寵愛を受けているとはいえ、イルハリムは砂粒のように大勢いる奴隷の一人にすぎない。

飽きられればすぐさま放り出される。

現実を見ろと、タシールなら言うはずだ。状況を把握して、最善の道を選べと。

だからこそ、直接向き合って伝えねばならなかった。自分にとっての最善とは、皇帝の側に少しでも長くあることだ、と。

皇帝が捨てると言うのなら、黙ってそれに従おう。

けれどイルハリムの方から皇帝の元を離れることは、決してない。

死が二人を分かつまでと誓ったのだ。あの幸福、あの喜びを——たとえ皇帝が誓いを忘れ去っていたとしても、命尽きる瞬間までイルハリムは忘れないだろう。

誇り高く気性の激しい獅子帝が、身分の枠を超えて確かに愛おしんでくれた。

思いやりを示し、時には苦しいほどの熱を注いで、イルハリムの胸を溢れんばかりの愛で満たしてくれた。

その皇帝を裏切るような真似はできない。するつもりもない。

死が訪れる最後の瞬間まで、イルハリムは皇帝の所有物として生きていくつもりだ。

タシールへの返事はもう決まっていた。

「……タシール様?」

暗い東屋の柱の陰に誰かが立っているように見えて、イルハリムはそっと名前を呼んだ。

人影は頭布を目深に被っているが、灯りも持たずにやってきたイルハリムを確かめて、微かに頷いたように見えた。

足を速めながら、イルハリムは心を落ち着かせようと息を吸う。

タシールの弁舌はいつも鋭い。あやふやな気持ちで対峙すれば、理屈と正論に押し負かされて、何も言えなくなってしまう。

気持ちをしっかりと持って、帝都に残る理由を自分の言葉で伝えなければ――。

どう言って切り出そうかと考えながら、イルハリムは円形に柱が並ぶ東屋の中へと足を踏み入れる。

頭布の人影が、隠れていた柱の影から姿を現わした。

「タ……」

もう一度声をかけようとした、その時。

別の物陰から突進してきた相手がイルハリムを突き飛ばし、床の上に引き倒した。


「なッ！　……ンン、ウッ⁉」

東屋に潜んでいたのは、タシールとは似ても似つかぬ二人の男だった。

顔を隠す頭布を脱ぎ捨て、腕を伸ばして襲い掛かってくる。

口を塞ごうとする手を掻い潜って逃げようとしたが、腕を掴んで引き戻される。振り上げた手は掴まれ、もう一人に足首をも捕らえられて、イルハリムは東屋のテーブルの上へと担ぎ上げられた。

石造りのテーブルに背中を打ち付け、痛みに呻いている間に手首に縄が巻かれる。

拘束される気配に顔色を変えて抵抗したときには、すでに縄は結ばれていた。仰向けに倒れたまま、その縄を下に引かれる。

半身を捩じって拘束から逃れようとしたところで、鳩尾に拳が入った。

「……ッ!」

——少しの間、それで気が遠くなっていたらしい。

正気を取り戻した時には、イルハリムは東屋の石のテーブルに縛りつけられていた。

「ウ……」

口には布を押し込まれ、その上から猿轡がされている。

淡い月明かりに、高々と掲げられた自らの両脚が見えた。

テーブルの上に仰向けに縛られて、左右の足首にはそれぞれ縄が括りつけられ、東屋を支える柱の上部に結ばれていた。上半身は服を着たままだが、下半身は裾が捲れあがって剥き出しの状態だった。

一纏めに縛られた手首は、頭上に上げた形で、縄の先をテーブルの支柱に結ばれているらしい。腕を思いきり引いたが、イルハリムを乗せた石造りのテーブルはびくともしなかった。

頭布を脱ぎ去った男が二人、下卑た嗤いを浮かべてイルハリムを見下ろしている。

「……ッ」

手紙が自分をおびき出すための罠であったことを、イルハリムは悟った。

男たちの顔には見覚えがある。かつて、後宮の片隅でイルハリムを手酷く犯し、そのためにタシールの手で除籍された衛兵たちだ。

兵役に就くことになって帝都を出ていったと思っていたのに、いつの間にか下働きとして宮殿に戻ってきていたらしい。

「いいザマだぜ。尻で成り上がった宦官の小僧にゃ、似合いの格好だ」

侮蔑の言葉を受けて、イルハリムの全身にじっとりと汗が滲んだ。


初夏とは言え、日が暮れた今は冷たい風が吹く。

宙に浮く足が小刻みに震えていたが、それは寒さのせいばかりではなかっただろう。

「たいそう出世したな、小僧。俺たちにケツを掘られて泣いてたガキが、今や皇帝陛下の寵妃さまとは」

「……！」

片方の男が絡みつくような声を発して尻を撫でた。もう一人の男も、それに合わせて品のない笑いを漏らす。

月日が経っても忘れようもない。何も知らなかったイルハリムに、生まれて初めて凌辱の苦痛を教えた男たちだ。

「ご寝所に呼ばれたときに、ちゃんと皇帝陛下に申し上げたか？　初物だったお前を具合のいいメスに仕込んでやったのは俺たちだってことを」

「いいや、報告を怠ってんだろうよ。でなきゃ、今頃陛下から褒賞が出ていたはずさ」

「違いねぇ。俺たちの使い古しを掴まされたと気づきもしないとは、皇帝陛下もとんだ間抜けだ」

男たちの潜めた嗤いが辺りの闇を揺らす。イルハリムはあらん限りの怒りを込めて、その顔を睨みつけた。


かつてこの男たちの慰み者になっていたことは事実だ。

だが、それを知ったところで皇帝の寵愛は変わらなかっただろう。

娼館で死にかけていたイルハリムを助け出してくれたのは皇帝その人だ。

自らの寝台に匿い、手ずから匙を握って食事や薬を与えてくれたのも皇帝なら、傷が癒え体力が戻ったイルハリムを、以前よりもさらに深く愛してくれたのも皇帝だった。

至高の存在でありながら、慈悲と情愛の心を持つ皇帝。

無抵抗の奴隷をいたぶることしかできない卑怯者には、その名を口にする資格もあるものか。

闇色の目で、イルハリムは呪い殺さんばかりに暴漢を睨み据えた。——その視線に男たちは気が付く。

手も足も出ぬはずの獲物が、泣いて怯えるどころか、威圧するように睨んでくるのだ。縛られて吊された惨めな姿でありながら、毛ほども怖れる様子なく。

「……なんだその目は」

男たちの口から低い恫喝が発された。だが、イルハリムは目を逸らさなかった。

宮廷にイルハリムを良く思わないものは大勢いる。

奴隷にすぎない宦官が皇帝の居室に出入りする姿は、自由民の官吏たちの目に汚らわしく映るのだろう。それも見目好く愛らしい少年ならまだしも、とうに成人した異国人とあらばなおさらだ。

大宰相や軍の上層部はイルハリムを小姓頭代理として扱ってくれるが、それより下の内政官や兵士たちからは、あからさまに奴隷風情という顔をされる。皇帝の目の届かぬところで様々な妨害や嫌がらせを受けることも珍しくはない。

皇帝の寵愛を受けるということは、そういうことだ。嫉妬や羨望、様々な思惑が茨のように絡みつく。

それでもイルハリムは獅子帝の側に居ることを選んだ。

覚悟はとっくにつけてある。

「薄汚い奴隷が！　帝都の見世物小屋に放り込んで、豚の相手でもさせてやろうか！」

イルハリムの黒髪をわしづかみにした男が、黄色い歯を剥き出しにして吐き捨てた。

やれるものならやってみろと、イルハリムは視線に力を込める。

『皇帝の私物』に手をかければどうなるか。この男たちはわかっていないらしい。

一年前にイルハリムを攫った刑吏は、四日間飲まず食わずの晒しものになったうえ、牛に引かせた車に四肢を繋がれて刑死した。

自らへの反逆を許すほど、獅子帝は寛大ではない。どこへ逃げたとしても追い込まれ、豚の相手をする方がましだったと思うほど、苛烈な罰が下されることは間違いない。

瞬きもせず睨みつけるイルハリムに、男は唾を吐いた。下劣な嗤いがその口を彩る。

「いつまでそんな顔をしていられるか見てやりたいが、あいにく皇帝陛下の罰を受けるのは俺たちじゃあないんでな」

そう言って、男たちは奇妙な形をした容器をイルハリムに見せつけた。

「こいつを見たことがあるか?」

男が突き付けたのは、魚を象った硝子製の瓶だった。

水面を跳ねるような躍動感ある造形は、細く尖った口元から緩やかに膨らんだ頭と胴が続き、尾に向けて一旦括れた後、尾びれの部分で再び大きく広がったものだ。

口にはコルクの栓を咥えていて、揺らすと中で液体が揺れ、胴の底に溜まった澱みがとろりと舞い上がる。

「蜜魚って名の、お前みたいな男狂いにぴったりの玩具さ」

「!?」

そう言って口先のコルク栓を抜くと、男はイルハリムの後孔に魚の頭を押し込んできた。

「……ウゥ、ウッ……!」

猿轡の奥からイルハリムは呻いた。

蜜魚と呼ばれた道具は、口先から潜り込んで頭も胴も通り抜け、そのまま尾へと続く括れの部分までが体内に入り込んできた。波打つような尾びれの突起が会陰に当たって、やっと止まる。細い瓶の口先から、中に収まっていた液体が少しずつ腹の底に零れ出てくるのがわかった。

「ン、ウゥッ⁉」

一瞬の冷たさの後、体の奥が燃えるように熱くなった。

焦りを見せたイルハリムに、男が低めた声で囁く。

「喜べよ。もうすぐお前の情夫がここに来る」

囁きながら、男は尾びれの底を指先で小刻みに揺らした。チャポチャポと音を立て、瓶の中身が流れ込んでくる。見る見るうちに体が火照り、全身が汗ばんできた。

情夫、というのはタシールのことだろう。硝子の容器を満たしているのは、おそらく媚薬の類だ。

祭りの準備と偽って宮殿を抜け出した挙げ句、かつての情人と密会して淫らな遊戯に耽っていたとなれば——どちらが罰を受けるのかは明白だ。

男たちは昔の恨みを晴らすために、二人を罠に嵌めたのだ。

「未練が無いよう、せいぜい盛り狂いな！」

「……ッ、ッ！」

顔色の変わったイルハリムを満足そうに一瞥して、男たちは東屋を後にした。

去っていくその背を睨みつける余裕もない。体内には冷たい毒がどんどんと溢れ出てくる。

イルハリムは手足が縄で擦れるのも構わず、繋がれた体を激しく揺すった。

「ウッ……ウ、ッ……！」

瓶の中の液体は刻一刻と体内に流れ出てくる。

酒精も入っているのか、酔いが回ったように動悸がして、夜風の寒さも気にならぬほど体が火照ってきた。

全身が汗ばんで過敏になり、服の下では乳首が痛いほどに張りつめている。

「ウ、ンン――ッ」

イルハリムは下腹に力を込めて、腹圧で異物を押し出そうと試みた。

尻から魚を生み出すように、いっぱいに力んで尾の先から押し出していく。

だが一番膨らんだ胴のあたりで動きは止まり、どうやってもそれ以上外には出ていかなかった。

左右に張り出した胸びれが、釣り針の返しのように内側で引っ掛かり、自力では吐き出せない形状になっているのだ。

「ンン――ッ……！」

それだけではなく――。

腹の力が僅かに緩んだ隙に、押し出した部分が反動で勢いよく戻ってきた。

ドン、と腹の底を突かれるような感覚があり、瓶の中身が体内で飛び散る。

中で射精されたような感覚に思わず異物を締め付けると、液のぬめりを帯びた瓶が小刻みに出入りした。

「ウ、ウ、フゥッ……」

体の熱が上がり、鼓動が速くなっていく。

腰が揺れ、足首の鈴がリリ、リリ、と鳴り始めた。

魚の背の部分には丸く膨らんだ瘤のような背びれが連なっていた。媚薬入りの瓶が体内で揺れ動くたびに、その突起が好い場所を刺激する。

締め付けても、押し出そうとしても、突起が擦れて堪らない心地にされてしまう。

瓶の中身は今も少しずつ体内に零れ、体の熱を上げていた。早く吐き出さねばと焦るものの、力んでも力んでも、胸びれの部分が邪魔をして出しきることができない。

そして僅かでも力が抜けると、流線形の道具は元の位置に戻ってくる。

「フゥ、ゥ……――ッ……!」

口に押し込まれた布を噛み締めて、イルハリムは絶望の呻きを漏らした。

これは精巧にできた責め具だ。

媚薬を体内に注ぐ容器であると同時に、官能を刺激する張型でもある。逃れようとすればするほど、快楽という拷問に苛まれる。

それに気づいた時には、もう遅かった。

体内に溢れた瓶の中身は、何度も排出を試みたせいで、いまや窄まりから最奥まで擦り込まれてしまっていた。

熱をもって疼くばかりだった肉襞が、今は耐えがたいほどの痒みを伴い始めている。

イルハリムの尻が自然と揺れだした。

「……ウ、ンン……ッ」

とろりとした液体が潤滑剤代わりになり、瓶は滑らかに体内を動いた。息を継ぐだけで、浅く深く、意思を持った生き物のように出入りを繰り返す。

ほんの少し力むだけでよかった。背びれの瘤が内側をゴリゴリと擦って、痒みを帯びた場所に心地よさを与えてくれる。

呼吸をするのに合わせて、ほんの少し腹に力を入れるだけ。それだけで無限に快感を汲み出せる。

「ゥ……フゥ、ゥッ……ン……――」

力んで、脱力して、力んで……。

繰り返すだけで、悦びは底なしに深くなっていく。

闇夜の森に、可憐な鈴の音が響き始めた。その音がイルハリムの耳から入り込み、酔いとともに頭の中を侵食していく。

――こんなところを、誰かに見られたら……。

快楽を追いながら、イルハリムはぼんやりと想像した。

誰が通るとも知れない夜の東屋に、誘うような鈴の音が響いている。

音に導かれて来た者は、あられもない宦官の姿を目にするだろう。

石のテーブルに横たわり、両脚は大きく開いて、剥き出しになった尻の中には張型が埋まっている。淫具は呼吸に合わせて緩やかに出入りし、見る者の劣情を誘うはずだ。こうやって犯せばいいのだと、淫らに動くさまを見せつけて。

イルハリムの背を寒気が走った。鈴を鳴らしては駄目だ。

たとえタシールが来なくとも、こんなところを衛兵にでも見られたら、皇帝の顔に泥を塗ることになる。

そう思うのに、痒みと熱とで一瞬だってじっとしていられなかった。噛み締めた布の間からは、ひっきりなしの喘ぎが漏れる。

中を犯されることでしかイルハリムは快楽を得られない。その分、感覚は十分に研ぎ澄まされている。そこに道具を呑まされて、快楽はどんどん深くなっていくのだ。

拒もうとしても、受け入れようとしても、どちらも悦びが高まるばかり。下腹が熱くなり、足の間が濡れていこうとしている。

「ンッ、ンッ、ンッ、ン――ッ……!」

ぶるぶると全身を震わせて昇りつめようとした、その時。

「これはどういうことかな」

覚えのある声が、闇の向こうから届いた。

「返事をするために呼び出されたのかと思えば、こんな姿を見せられるとはね」

やってきたのはタシールだった。ここを訪れたイルハリム同様、灯り一つ持っていない。きっと同じように手紙を届けられて、人目を忍んで訪れたのだろう。

鈴を鳴らしながら、イルハリムは涙が滲む目で訴えた。

これは罠だ。タシールに告発されて厳罰に処されたかつての衛兵が、二人に不貞の疑いをかけさせるために仕組んだ罠だ、と。

聡いタシールにそれがわからぬはずもない。きっとすぐにイルハリムをこの責め苦から解放してくれるはずだ。縄を解かれたら、一刻も早くタシールをこの場から遠ざけよう。あの男たちが衛兵を呼び込んでくる前にここを立ち去らねば――。

だが、タシールは慌てる様子もなく、イルハリムの体内に埋まる道具をしげしげと眺めた。

「蜜魚か……いい媚薬を詰めてもらったようだな」

「……ッ……？」

タシールは落ち着き払っていた。

大きく開いたイルハリムの脚の間に回り込むと、浅く出入りする道具の尾を指先で押さえる。

そのまま尾をゆっくりと揺らされて、下腹の奥から襲ってきた痺れるような官能に、イルハリムは鼻声をあげて体を突っ張らせた。

「手足を縛られてこんなものを入れられたら、もうお終いだ。後は堕ちていくしかない。気持ちよすぎて頭がおかしくなってしまいそうだろう、イルハリム？」

涙で歪む視界で、イルハリムはタシールを見上げた。

どうしてそんなことを言うのだろう。なぜ今すぐ縄を解いて、猿轡を外してくれないのか。

その真意がわからなくて、イルハリムはただ見つめるしかない。

タシールが冷たく冴えた目のまま、皮肉そうに口角を持ち上げた。

「私と一緒に東州に来る決心がついたら、抜いてあげよう」

「……!?」

「断るつもりで来たのだろう？　君と皇帝陛下は相性が良いようだが、それ以上の快楽を得る方法はいくらでもある。それがわかれば無意味な執着も断ち切れるはずだ」

「ン……！」

タシールの指が魚の尾を抓む。

ゆっくりと引き抜いていき、張り出した胸びれが肉の間から見え始めた途端、タシールは指を離した。

「……ッ！　ンン――ッ！」

ズン、と下腹に響く衝撃。溢れ出た媚薬が尻の狭間を伝い、腰を濡らしていく。足がビクビクと痙攣して、うるさいほどに鈴が鳴った。

闇の森に響くその鈴の音が途切れぬよう、タシールの手は魚の尾を揺さぶり続けた。

続けざまに襲い来る恍惚に下腹をひくひくと震わせるイルハリムを、さらに深い快楽へと追い立てる。

「もう一回り長くて太いものもある。大きな背びれが二つ並んでいて、入れて歩かされると気が狂いそうになる代物だ。……陛下を忘れられないなら、あれを君に使ってあげよう」

「ンンンッ……ンンンッ……！」

嫌だ、と首を振るイルハリムを、タシールは物分かりの悪い子どもを見るように見下ろした。

「わからないのか、イルハリム。ここに居ても君は不幸な奴隷のまま、好きなだけ弄ばれて捨てられる。そんな哀れな姿を私に見せるつもりか？」

東屋の柱の間から差し込む月光が、痩せた顔に苦悩を浮かび上がらせた。

乾いた声でタシールは続ける。

「君を見ると、自分自身の愚かさを見せつけられるようで胸が苦しくなる。しかし、それももう終わりにしよう。君は主人の手をすり抜けて自由の身になり、幸せを掴む。私が選んだ道は正しかったのだと、今度こそ証明してみせよう」

囚われたイルハリムを見下ろす青い目には、どこか狂気の色があった。

イルハリムの背に寒気が走る。


解放奴隷だったと、タシールは言った。

目立たぬ装いをしているが、薄く日に焼けた顔は四十路を迎えた今も端麗だ。幼い頃には、誰もが振り返るような美少年だっただろう。

タシールの立ち居振る舞いは貴族らしい品格あるものだが、時折息を呑むほど艶冶にも感じられた。どのようにしてそれが形成されたのか、イルハリムには想像がつく。

――タシールは、養子とは名ばかりの性奴隷だったのだ。

身分を解放されたというのは表向きで、実際のところは足環が無くとも逃げ出せないほど、徹底的に調教された生き人形。それがタシールだ。

自らを支配する権力者を呪いつつ、彼はいつか自由になれる日を夢見ていたのだろう。だが実際に相手が消えた時、タシールが得たものは自由でも幸福でもなかった。

きっと足元の大地が消えたような、例えようもない孤独を味わったのに違いない。だからこそ、一目見ただけでは誰なのかわからないほど病的に痩せて戻ってきた。

帝都での昇進も妻や家族を迎えることも、タシールの傷を癒やしてはくれない。

憎み続けたはずの相手を、心のどこかでは恋い慕っていたのだと認めなければ、彼はこの先一歩も進むことができないだろう。


おそらくタシールは、イルハリムが皇帝に抱く想いを理解している。

その上で敢えて皇帝の元を離れさせ、東州へ連れ去ろうとしているのだ。

主人の元を離れたイルハリムが幸福を掴めば、自身の選択は間違っていなかったと自らに言い聞かせることができる。食事もまともに摂れないほどの苦しみから目を背けるために、彼はイルハリムを必要としているのだ。

「私と一緒に来なさい。君はそうするべきだ」

固い声で断言して、タシールが道具を操る手を静止した。その途端、居ても立ってもいられぬほどの焦燥感がイルハリムを炙る。

尾を咥えた窄まりが痒みを帯びてじくじくと疼いた。長衣の下の乳首も硬く張りつめて、指で摘み取られるのを待っている。

はしたないと思いながらも、鈴を鳴らして不自由な体を揺さぶり、力を入れては抜いて、膨らんだ魚の瘤を中に擦りつけずにはいられない。

「浅ましい姿だな。幼いうちに多くの悦びを知った君だ。誰にも触れられずに生きていくなんて、きっと想像もできないだろう」

見下ろすタシールの言葉は、イルハリムに向けられたものなのか。それとも——。

「私と一緒に来ればいい。ちゃんと君を満足させて、悦ばせてあげられる」

「……ウッ……ウッ……」

呻きながら、イルハリムは首を振った。

恥辱の涙を零しながら、動かぬ淫具の刺激を求めて体を揺らすのを止められない。

タシールはそんなイルハリムを見下ろしていた。

青い目に宿るのは憐憫の色。主人に盲目的に従い、自らの運命を見極めることもできない愚かな奴隷への、憐みの色だった。

「まだ、わからないか」

飢えを十分に味合わせたことを確かめて、タシールは道具の動きを再開した。

ひと時奪われていた官能が戻ってきたとき、体の奥から迫る快楽の波は奪われる前より大きくなって、イルハリムに襲い掛かる。

「ウ、グゥ――ッ！　……ウウッ！　ウゥウッ……！」

苦しげな喘ぎをひっきりなしに漏らすイルハリムに、タシールが優しく囁いた。

「いくら従順な奴隷でいても、いつかは捨てられる。その時君の手に何が残る？　……奴隷である限り、何も残りはしない。君の手には何も残らない」

首を振って呻くイルハリムから、タシールは猿轡を取り去った。

「やめ……タシール様、もう……」

「陛下の元を離れて自由になれ。それが君のためだ。心配しなくても皇帝陛下以上に君を満足させてあげよう。ほら、こうやって――」

「……あ、やぁあ、タシール様！　……アッ、アッ……アィイイ――ッ……」


こんなことはやめてください。

そう言いたいのに、急所を的確に責め立ててくる道具の動きに、言葉は甘い悲鳴に変わる。息も継げぬ法悦の波が立て続けにやってきて、イルハリムは鼻にかかった叫びをあげ続けた。

イルハリムに初めて悦びを教えたのは、このタシールだ。

どこをどうすれば感じ入り、快楽に咽ぶときにはどう反応するのか、何もかも知られている。逆らうことは無意味だ。瞬く間に足の間が媚薬以外のもので濡れ始めた。

皇帝以外には触れさせてはならない肉体が、道具を持つ男の手で絶頂へと導かれ、悦びを極めようとしている。

「わかってくれ、イルハリム」

タシールが胸の奥から搾り出すように言った。まるで命乞いをするかのように、悲痛な声で。

「君が幸せを掴むことが、私に唯一残された希望だ。私のような人間にも救いが残されているのだと、頼むから信じさせてくれ」

タシールの声が頭の中でこだまする。

焦燥感で頭の奥が真っ白に焼ききれそうだった。喘いでも喘いでも、快楽の波は途切れることなく押し寄せる。

タシールが操る淫具はイルハリムを容赦なく追い上げ続けた。

このまま快楽の渦に飛び込んでしまいたい。何もかも忘れ、皇帝のもとへは二度と戻らぬつもりで、束の間の快楽に溺れたい。そんな思いが胸を占めかける。

だが、イルハリムはその誘惑を追い払った。

「嫌、ですッ……！」

縋りついてくるタシールの手を振り払うように、イルハリムは叫んだ。

イルハリムの幸福は東州にはない。

タシールの側では駄目だ。イルハリムの幸せは、皇帝の側にしかない。

あの孤独な皇帝の傍らで、ほんの僅かでも心を慰めることだけが、命を懸けるに値する幸福なのだ。

他人から見れば、馬鹿な生き方かもしれない。愚かで惨めで、救いようのない人生かもしれない。それでもイルハリムは自覚してしまった。あの獅子に一瞬でも長く愛されることが、自身の望みなのだと。

タシールも本当はわかっているはずだ。

自由も富も、イルハリムの幸せな姿も、自身が本当に望むものではないことを。

目を背けずに、心の底に眠る願望と向き合うべきだ。幸福は他者の手では与えられない。

自分の手でしか、選び取れないものだということを。

「い、きませんッ……私の幸福は、皇帝陛下のお側に……ッ」

愉悦へと堕ちる崖の縁にしがみつきながら、イルハリムは叫んだ。

「私は、死ぬまで……陛下の側に……ッ……」

絶え絶えの声で叫んだ、次の瞬間――。

「お前の敗北だ、タシール」

東屋の入り口から、獅子帝の低い声が闇を震わせた。

（十）紅玉の誓い

大きな上着に包まれて、イルハリムは皇帝の腕に抱かれていた。上着に残された温もりと香りを感じて安堵の溜め息が漏れる。

東屋を振り返ると、タシールが膝を突いて近衛兵の捕縛を受けるところだった。逃げ出したはずの元衛兵たちもすでに捕らえられ、縛られて地面に転がされている。

「陛下、タシール様は――」

思わず弁解しかけて、イルハリムは言葉を呑みこんだ。捕縛の様子を睨み据えたまま視線を動かさぬ横顔は、あらゆる弁明を拒んでいたからだ。

無言のままの皇帝が、全身に怒りの炎を纏わせているのを感じる。

――今回のことは、罠に掛かって攫われた一年前の事件とは状況が違っていた。

イルハリムは祭りの準備と偽って、タシールに会うために自らここへ来た。皇帝を欺こうとした点においては、捕縛されている彼らと同罪だ。

何も言えずに黙ったイルハリムを抱えて、皇帝は足早に宮殿へと向かった。ひれ伏す兵士たちに目をくれることもなく、まっすぐに居室へと戻る。

部屋に入ると、夕餉の皿が手つかずのまま残されているのが見えた。待機していた小姓たちが、皇帝の手の一振りで慌てて部屋を出ていく。イルハリムが給仕を頼んだ小姓もその中にいた。食事の席にイルハリムが来なかった時点で、皇帝は事態を察して動いたのだ。現れた時の様子からすると、東屋での痴態も始めから見られていたのに違いない。

だからこそ、これほどの怒りを露わにしているのだ。

部屋を横切って、皇帝はイルハリムを腕に抱いたまま浴室へと向かった。

湯気がこもる浴室にそのまま入り、壁にかかっていた花籠を床に落とすと、代わりにイルハリムの手首の縄をそこにかけた。

「陛下……！」

皇帝の腕から下ろされる。

花籠を掛ける金具は、壁の高い位置にあった。爪先立ちで何とか足先は床に着いたが、腕は伸び切ってしまっている。吊されているも同然だ。

イルハリムは首を捻じ曲げて後ろを振り返った。

「お許しください、陛下。どうか……」

「……何かあれば余に言えと命じてあったはずだな、イルハリム」

何か言おうとするのを遮って、皇帝は地を這うような声を発した。

その声の抑揚のなさに、イルハリムの喉が竦みあがった。

半生を戦場で過ごした皇帝は、感情が高ぶると声が大きくなる。

見事な巨躯に相応しい、獣のような咆哮だ。

――それが、今は怒りが深すぎて、大声を出すと歯止めが利かなくなるとでも言うかのように、低く静かに問うのだ。

押し黙ったイルハリムの背後で、長衣を脱ぎ捨てる音がした。

「己の立場を理解しているかと訊いた時、お前は何と答えた？　わきまえていると、そう言ったのではなかったか？」

「……申し、上げました……それ、は……」

何か言わなければと思うのに、喉が干上がって言葉が出てこない。

上半身裸になった皇帝が、壁際のイルハリムに近づいてきた。

「……ッ⁉」

背後から伸びた手が、襟元の留め具を引き千切って前を大きく開いた。長衣の裾が高々と捲られ、肩から垂らされる。

サンダルを履いた皇帝の足が、背伸びして立つ足を蹴り、左右に開かせた。

「これはなんだ」

「ぁ、あっ……！」

尻の間に埋まった淫具が皇帝の手に掴まれた。

恐怖のせいで忘れていた疼きと痒みが、鮮明さを取り戻す。

「ここにこのようなものを入れてよいと、余は許したか」

「やぁッ！　……ひ、ぁぁあッ！」

皇帝の手に揺さぶられて、淫靡な道具が体内で泳ぐ。

イルハリムは壁に吊られたまま身を捩った。容器から溢れ出た媚薬が中に擦りこまれていく。

熱さとむず痒さ、焦燥感に追い立てられて、甘く強請るような声が鼻から抜けた。

「随分な善がりようだったな。それほど、この下劣な道具が好ましいか」

尾を捕らえた皇帝の手は、不埒な魚を引きずり出そうと無造作に引いた。

しかし良くできた責め具は胸びれの部分で突っ張り、容易には出てこない。

皇帝はその仕組みを見て取ると、皮肉の混じった嗤いを漏らして、道具を奥へと押し込んだ。

「あぁぁっ！　……あ――……っ！」

「余との閨では物足りなかったか。恋文なんぞに誘われて、昔の男に会いに出向くほどだからな」

「ち……ちが、いますッ、ひっ……やぁあぁッ！」

声に怒りを滲ませた皇帝は、淫具の尾を掴んだままグリグリと中を抉る。

膝が震え、口から抑えきれない嬌声が漏れた。とろりと滲み出るもので内股が濡れていく。快楽に堕ちた印だ。

それを指先で掬い取って、皇帝は問うた。

「何が違うのか言ってみろ。お前は何のために、あの東屋に忍んでいったのだ。まさかこういう遊びをするためではあるまい?」

「それは……それ、は、ぁああ……ッ」

必死に答えようとしたが、下腹から襲い来る官能が思考を乱して言葉にならない。

皇帝は魚の尾を掴み、体内を潜るように出入りさせてイルハリムを叫ばせる。

だが二度三度と叫ぶうちに、道具は皇帝の手を離れて自在に泳ぎ始めた。浅ましく悦を貪るイルハリムの肉壺が、硝子の魚に命を吹き込んだからだ。

象牙色の腰が淫らに踊る。足の間では、魚に彫られた鱗の凹凸が粘るような水音を立てて、出たり入ったりを繰り返す。

切羽詰まった声とともに、イルハリムの膝が力を失った。

「だめ……あぁ、もう駄目ぇ……ッ」

吊られたまま大きく傾いた体を、皇帝の腕が引き戻した。背後から身を寄せ、イルハリムの耳に囁く。

「なるほど、余以上にお前を満足させられるというのは、あながちタシールの思い上がりでもなさそうだ。なかなか好い眺めだぞ、イルハリム」

皮肉のこもった皇帝の声に、イルハリムは頭を振った。

「お許しください、陛下……陛下のご信頼を損なう気は——」

「知っている。お前が余を裏切らぬことはな」

肉環に浅く潜る尾を、皇帝の手が再び捕らえた。

ゆるゆると引き出され、胸びれの部分が体内から抜け出ようとする。

やっとこの責め苦から解放されるのだ。――イルハリムがそう安堵した瞬間、皇帝は無情に手を離した。ぎりぎりまで引き出された淫具が、反動で勢いよく体内を遡る。

「ッウ、ア――ッ！　アアアァ――……ッ！　……」

目の前に白い火花が散った。

脳天まで突き抜ける快感に、イルハリムは高く叫びながら、吊られた体を魚のように跳ね上げた。

叫びが掠れて消えた後には、陶酔混じりの嗚咽が浴室の壁に反響した。

皇帝の目の前で淫らな道具を咥えこみ、一人で快楽を得てしまった。こんな浅ましい姿は、決して見られたくなかったのに――。

羞恥に震えて啜り泣くイルハリムに、皇帝は厳しい声で告げた。

「お前には見張りをつけてある。余が知らぬことなど何一つない」

開いた脚の間に皇帝の膝が入り込む。厚みのある巨躯が背後にぴたりと押し付けられた。

蠱惑的な香り――浴室の蒸気に温められて、背後から皇帝の乳香が立ち昇った。湧き立った匂いはイルハリムの鼓動を急き立て、胸を高鳴らせる。

引き寄せられた尻の狭間を、太い肉棒が押し上げていた。

皇帝がイルハリムを欲して昂っている。それを知った途端、下腹に熱い官能の波が襲ってきた。

「……あぁ陛下……」

昇りつめた余韻と媚薬の効果で、玩具を食む肉壺はヒクヒクと蠢いている。

滑りのいい道具は今も体内を不規則に出入りし、絶頂の波は絶え間なく押し寄せる。寄せては返し、急に深くなったかと思えば浅瀬に戻され、そのまま意識を逸らそうとしても再び深みへと連れ去られる。

責め具がもたらす快楽に何度屈しただろう。――なのに、いくら昇りつめても物足りない。

イルハリムにも、もうわかっていた。

皇帝に愛される悦びを知った今、もはや他の物でなど満たされるはずがないのだ。

肉を割って侵入してくる熱い塊。

皇帝はあまりにも大きくて、硬くそそり立つ怒張に貫かれると、まるで内側から引き裂かれていくような心地になる。

体内で脈を打つ肉棒、耳元に触れる吐息。

覆い被さる体から漂う、高貴な香りと汗の匂い。火傷しそうに熱い赤銅色の肌。

今から皇帝に抱かれるのだと全身で感じ取り、期待に息が上がっていく。

愛され、欲され、二人で獣のような快楽に溺れるのだと、考えるだけで背筋が痺れるような心地になる。

下腹の重量感が徐々に増し、息苦しさとともに体が火照り始めて……。

永遠にも思える時間が過ぎて、皇帝のすべてを受け止めた、その時――。

イルハリムの胸は、愛する人と結ばれる歓喜でいっぱいに満たされる。

「陛下……」

愉悦に身を委ねながら、イルハリムはせがんだ。

「……抱いてください……陛下の尊き御身を、どうか……」

淫具を咥えた尻は貪欲に揺れ続ける。だがどれほど浅ましく貪っても、心は虚しく乾いたまま。満たされることはない。

欲しいのは皇帝だけだ。

太い両腕に抱きすくめられ、激しく滾る熱をこの身で受け止めたい。

昂る欲情を抑えた息遣い、低く籠った掠れ声を、耳元で聞きたい。

鼻を擽る男らしい匂いも、力を入れるたびに血管が浮き出る太い腕も。色を濃くしてぎらぎらと光る黄金の目も、柔らかに降りかかる金のたてがみも、すべてが欲しい。

何もかもが尊く愛おしい。側に居るだけで堪らなく幸福で、切なく苦しい気持ちにさせられる。

「……私が望むのは、ただ陛下だけ……猛き御身を、どうか私に……」

「イル……」

背後から覆い被さった皇帝が、やっと頬に口づけてくれた。

同時に、長く体内に居座っていた道具が今度こそ引きずり出される。

「あ、あんんッ……！」

引き抜かれた硝子の魚は、脱いだ服の上へと無造作に投げ捨てられた。中を満たしていたはずの液体は消えてなくなり、その代わりに残滓がイルハリムの内股を流れ落ちていく。

物欲しげな下の口に、皇帝の昂りが押し当てられた。

「お前の立場を言ってみよ。イルハリム、お前は何者だ」

「あぁ……ア、アッ……！」

太い怒張が背後から潜り込んでくる。

待ち望んでいた圧迫感に口を開けて喘ぎながら、イルハリムは答えた。

「私、は……陛下の、忠実なる奴隷です……」

張りつめた大きな亀頭が、濡れた肉環を押し拡げている。

十分に解されたはずなのに、道具とは比べ物にならない圧迫感に、イルハリムの体が悲鳴を上げた。体を真っ二つに引き裂かれそうだ。

「陛下の宦官長、にして……小姓頭代理……尊きご寵愛を、賜る……しもべ、ッ……ヒッ」

爪先立って逃れようとしたが、それは息詰まる苦しみの時間をわずかに長引かせただけだった。

野太い凶器は肉の襞を掻き分けて、奥へ奥へと進んでくる。

「あ！　あ……ッ……へいか……ッ」

足の先が浮いてふらついた体を、皇帝の両腕が支えた。と、その手が腿の裏へと滑り、背後から膝を持ち上げて開かせてしまう。

完全に宙吊りになったイルハリムの体内に、下から杭がせり上がってきた。

途端、下腹にいつもとは違う感覚が走る。

「ッ!?　……待っ…………あ、あぁ!　……待って、お願いです……!」

吊り下げられた両手を握り締めて、イルハリムは力なく懇願した。

宙吊りにされたせいで、いつもより結合が深かった。皇帝の怒張もいつもよりさらに大きく感じられる。

だが、問題はそんなことではなかった。

長い時間夜風に晒されていたのが悪かったのか、それとも体内に注入された薬の影響か。――下腹部がいつになく張りつめている。

絶え間ない絶頂感に紛れていたが、これは明らかに排泄の欲求だ。

限界間際まで満ちていた場所を中から押し上げられて、行き場を失った水が出口を求めて溢れそうになっている。

「お願いです……待って、待ってください……!」

声を上ずらせて懇願するイルハリムを腕に抱えて、獅子帝は黄金の目を細めた。

――あぁ、もう無理だ……我慢できない……。

イルハリムは羞恥で肌を染めながら、胸の内で煩悶した。頭上に上げた両腕がぶるぶると震えている。

他の相手なら耐えきれたかもしれない。

だが、今イルハリムを穿とうとしているのは皇帝だ。

堂々たる体躯に相応しく、皇帝の逸物はことのほか立派な上、体力精力も並外れている。しかも、しばらくぶりの交合だ。ひとたび寝台に入れば、きっと朝方まで解放されることはない。

――これは……絶対に、もたない。

「陛下、どうかご寛恕を……！」

首を振りながら、イルハリムは声を振り絞った。下腹はもう切羽詰まっている。

先ほどまでとは別の恥じらいで耳まで染めて、イルハリムは必死に許しを請うた。

「……そ、粗相……してしまいます……」

こんな場面で生理的な欲求を訴えることがどれほどの無礼かは承知しているが、誤魔化すことも気を散らすこともできないほど、下腹の圧迫感は押し迫っていた。

性器を失っているせいか、イルハリムのそこは幾分緩い。内側から圧され続けると、ふと力が抜けた拍子に零れることもある。

衛兵相手ならば嗤われるだけの話だが、皇帝との房事の最中ともなれば、それで済むはずもない。

だが獅子帝は低く笑った。

「良かったな。ここは浴室だ、湯を流せば済むから遠慮なく出せ」

「陛下ッ！」

ドン、と中から内腑を突かれて、イルハリムは悲鳴を上げた。限界を超えた尿意が一気に弾けそうになる。

熱いものが足の間に滲んで、イルハリムは慌てて体の中を締めた。常にもない悲痛な声で、必死になって哀願する。

「おやめください！　まことに、まことにもう……！」

力を入れると余計に零れ出そうだ。だが皇帝は泣き声混じりの懇願には耳も貸さず、宙に浮いた体を小刻みに揺らしてイルハリムを追い詰めてくる。

張りつめた場所を立て続けに押されて、そのたびに引き攣るような悲鳴が浴室に響いた。

「どうかお許しを……ほんのひと時だけ、一人にしてください……お願い、お願いします……！」

留めようとしても、もう無理なことはわかっていた。堤防は決壊しかけて、すでに一部は尻の丸みを伝っている。溢れ出てそこらを汚すのは時間の問題だ。

大きな声を出せずに囁くイルハリムを、皇帝は背後から抱き寄せた。

「駄目だ」

無慈悲な声が断じた。

皇帝の手で持ち上げられた両膝が、胸元まで引き寄せられる。幼いころに排泄を促して取らされた姿と同じ格好だ。

泣き出しそうになったイルハリムの下腹を、皇帝は膝を抱えた手で押さえた。

「余に隠し事は許されぬ。余はお前の伴侶なのだから、どのような姿も目に収めておくべきだ。そうであろう?」

「ヒッ！　……やぅ、う、ううぅ――ッ……！」

圧迫感が限界を超えて強まった。食い縛った歯の間から呻きを漏らす。

これ以上は耐えきれないと、小さな排泄の孔の奥が痛み混じりに知らせてくる。イルハリムは絶望の泣き声をあげた。

「だめ……ぇ……」

中からは皇帝の牡が、外からは大きな掌が下腹を圧し、行き場のない水に出口を求めさせる。

力んで抵抗しようとすれば排泄感が強まり、力を抜けば漏れ出そうだ。

声を出すだけでも危うい。

「……やめ、て……やめてください、おねがい……っ」

囁くようなイルハリムの哀願も聞かず、皇帝の手は慣れた様子で恥骨の上をぐいぐいと圧してきた。

圧迫されるたびに熱いものが少しずつ尻を伝うのがわかって、イルハリムは弱々しく首を振る。

――もう、零れている。どんどん零れてしまう……。

「……もうだめです……もう、おゆるしを……ァアッ⁉」

小さな水音が立った。続けて、断続的に滴る音が。

「いやだ！　……そんな、いや、ぁ……離して、離してください！」

解放を懇願する声が浴室の壁に反射したが、もう遅かった。

腹を圧す掌に、イルハリムは敗北する。

石造りの浴室を最後に満たしたのは、嗚咽混じりの啜り泣きに掻き消されそうな、細い水の音だった。


「いい加減泣き止め。風呂で漏らしたくらいで何だ」

清めた体の水気も拭き取らぬまま、イルハリムは寝台に運ばれた。

両手の縛めは外され、濡れた長衣も脱がされた。身につけているのは、獅子帝の所有物であることを示す装身具だけだ。

イルハリムは無様な自分を守るように、裸を小さく丸めて顔を隠した。

嗚咽を何とか治めようと苦しい息遣いをしていると、それを見下ろす皇帝が呆れたような声で言った。

「第一初めてでもなかろう。お前が寝込んでいた時、誰が世話をしたと思っている」

思いもかけない言葉に、イルハリムはガバッと起き上がって皇帝の顔を見上げた。

「まさか……」

涙を溜めた目で呟くイルハリムに、皇帝はにやりと意地の悪い笑みを浮かべた。

「余が知らぬことなど何一つないと言ったろう。風呂に運んで腹を圧してやるたびに、お前は小声で謝りながら――」

「わぁぁあああッ!」

思わず無礼も忘れて、イルハリムは皇帝に飛び掛かり口を手で塞いでいた。

皇帝は続きを言うのは止めてくれたが、その代わり目が揶揄いの色を浮かべている。顔がまた火を噴いたように熱くなった。

――一年ほど前、イルハリムは半死半生の状態で娼館から救い出された。

運び込まれた当初は意識も定まらず、眠りと覚醒を繰り返す状態が続いていた。

当然下の世話などもあったはずだが、意識がはっきりして側仕えに頼めるようになるまで、イルハリムは皇帝以外の人間を目にした覚えがない。

それは、つまり……。


「ッ……部屋に下がります……もう二度と御前には上がりませんから、ッ……」

「馬鹿を言え」

恥ずかしさのあまり逃げ出そうとしたイルハリムは、腕を掴まれ引き戻された。そのまま皇帝の腕の中に抱き寄せられる。

太い腕にすっぽり閉じ込められてしまうと、もうイルハリムに逃げ場はない。

赤くなった顔をどうにかして隠そうと試みるが、顎を捕らえた皇帝の手はそれを許さず、上を向かせた。

「……陛下……」

イルハリムは真っ赤になった顔で恨みがましく皇帝を見上げた。

目と目が合うと、皇帝は深く刻み込んでいた眉間の皺を緩めた。そして、染み入るようにこう言った。

「お前は可愛い」

何を言われているのかわからず、涙の滲む目で上目遣いに睨むイルハリムに、皇帝は愛しそうに額を寄せた。

「怒鳴りつけても顔色一つ変えん鉄面皮かと思えば、時折そういう顔もしてみせる。いったい幾つの顔を隠し持っているのか。観念して、一つ残らず見せてみよ」

涙で濡れた目の下が押し当てた唇に軽く吸われた。もう片方の目の下も、頬を包む手の親指で拭われる。

額と額を合わせたあと、皇帝はイルハリムの黒い瞳を覗き込んだ。

「お前を侮る馬鹿どもが、余が命じた職務を妨害しているのも知っているぞ。余に訴えれば済むものを、自力で対処して大宰相を唸らせたな。お前は努力家でもあり、なかなか強情な頑固者でもある」

褒められているのか、叱られているのか、よくわからないまま……。

への字に結んだ唇が、皇帝の唇に何度も吸われて解けていく。大きな掌に頬を撫でられて、噛み締めていた奥歯の力も緩んだ。

その隙を突いて皇帝の舌が滑り込んでくる。

「ん……っ」

口内を遠慮もなく蹂躙する舌先に、誘われるようにイルハリムも舌を絡めにいった。皇帝の肉厚の舌はそれを躱して、尖らせた先端で上顎の感じやすい部分をなぞる。

「ウンンッ……!?」

舌に気を取られるうちに、皇帝の指は胸の突起を摘み取っていた。飾りがない方の乳首だ。ぷくりと膨れた肉粒を指で優しく押し潰し、柔らかな乳輪を爪先で辿る。

胸元から甘い電流が腰に走って、イルハリムは閉じた脚を擦り合わせた。

口を離した皇帝は、諭すように語り掛ける。

「だが、イルハリム……お前はもっと、自分の立場を理解するべきだ」

「ぁ、んっ……!」

飾りが穿たれた方の乳首に、皇帝の太い指が触れた。

身を貫く黄金の存在を思い知らせるように、指は凝った肉粒をコリコリと嬲る。指先で軽く圧し潰され、環に指先をひっかけて軽く引かれると、切ない喘ぎがイルハリムの口から漏れた。

指で環を引かれるまま、イルハリムは胸を皇帝に差し出す。

「何のためにここに紅玉をつけている？　余の伴侶だということを、片時も忘れずにいるためではないのか？」

「ぁ……あっ……」

「もっと余を頼り、甘えれば良い。お前を娶ったのは帝国の皇帝たる男だぞ。叶わぬことなどあるものか」

突き出した胸に皇帝が顔を寄せた。

長く伸ばした舌で憐れな肉粒を弾いたかと思うと、飾りごと唇に含まれる。

飾りをつけられてからいっそう敏感になった乳首が、温かな皇帝の唇に包み込まれ、濡れた舌先で乳輪を嬲られる。

「ぁ……そんな、こと、ぁ……ひぃ、んッ」

背筋を甘い痺れが駆け抜けた。下腹がきゅっと縮み、足の間が濡れていく。

皇帝の頭を両手に抱きかかえて、イルハリムはすすり泣くような喘ぎを漏らした。


小さく慎ましかったイルハリムの乳首は、今ではぷくりと丸く膨れて、男を誘うように色づいている。皇帝は寝台に呼びつけるたびにここを苛んで、既婚の飾りをつけるに相応しい肉粒へと変えてしまった。

艶やかに育った胸には皇帝の名を刻んだ黄金の環が通り、とろりとした濃い紅玉がその先で揺れている。

丸くぽってりとした紅玉は、イルハリムの乳首とそっくりなものを用意させたと言われた。だがイルハリムには、実物よりも大きいように思えてならない。

金造りの環の重みもあるので、傷が治癒した今でも、不用意に動くとひどく痛んだ。

歩くだけでも服の下で飾りが揺れて、甘い疼痛で息を呑ませる。

皇帝に娶られたあの夜のことを、決して忘れるなと言い聞かせるかのように。

愛撫に赤く熟れた乳首を離して、皇帝が問うた。

「思い出したか、イルハリム」

「ぁ……」

痛みを伴ってじんじんと疼く胸元が、蜜月の甘さを甦らせる。

一年前、この寝台でイルハリムと皇帝はひっそりと誓い合った。病めるときも歓びの時も、死が分かつまで互いのものだと。

胸の飾りはそれを証し立てるためにつけられたものだ。

「陛下……私は……」

確かに皇帝の言う通り、イルハリムは何もわかっていなかった。

皇妃が来ようが幾人の寵妃を迎えようが、イルハリムが皇帝と結ばれたことに変わりはない。

たとえ公にはできぬ関係でも、他の誰が知らずとも――イルハリムと皇帝だけは知っている。

「……私は、陛下の伴侶です……」

「ああ、そうだ。お前は余のものだ……」

ようやく答えに行きついたイルハリムを、皇帝は胸に抱き寄せた。

イルハリムは柔らかな金の髪を掻き分けて、皇帝の首に両腕を回す。雄獅子のような体にしがみつき、その唇を奪った。

口づけを与えられるだけでなく、自ら皇帝の唇を求めることが許されるのは、伴侶であるイルハリムだけだ。当然の権利であると言いたげに、皇帝は情熱的にそれに応える。

「……余もまたお前のものだ。余がどれほどお前を欲しているか、言葉にせずとも知っていよう?」

大きな手が背を支えて体の位置を変え、イルハリムを皇帝の腹の上に跨がらせた。

隆々とした肉棒が、尻の狭間に触れている。浴室でイルハリムを啼かせた凶器は勢いを失う気配もない。

イルハリムは腰を浮かせて、天を突く肉棒の真上に膝立ちになった。手を伸ばしてそれに指を絡める。じん、と下腹が疼いた。

「存じております、陛下……」

大きくて猛々しい、またとないほど立派な雄の象徴。

筋を浮かべた幹はどっしりと太く、触れると熱く脈打っているのがわかる。イルハリムを喰らいつくそうと、獣のようにいきり立っているのだ。

嘘偽りのない肉体が、皇帝の想いを雄弁に語っていた。

『お前が欲しい。腕の中に閉じ込めて、夜通し温もりを分かち合わずにいられるものか』と。

去勢されたイルハリムの肉体は、それに答えを返すすべを持たない。胸に抱く心は言葉にして伝えるしかない。

それがどれほど不遜な想いであっても。

「……私も、陛下を欲しています……」

「ならば、どうすればいいのかわかっているな?」

心のままに望めば、皇帝はそれに応えてくれる。

イルハリムは指を伸ばして肉の狭間を拡げると、猛る皇帝の上にゆっくりと腰を下ろしていった。

「あ……はぁ、ぁッ……」

張りつめた亀頭が肉環を押し拡げる。その大きさに、思わず悲鳴が漏れた。

けれど、ここで留まることはできない。

息を整えながらなおも尻を下ろし、その下に続く極太の竿をゆっくりと呑み込んでいく。

「は……あぁ……大き、い……」

思わず弱音が漏れた。腰を浮かせた状態で、まだ半ばにも辿り着いていないのに、もう下腹が重い。いつになく大きく感じられる。

動きを止めて息を整えるイルハリムを、皇帝は横たわったまま見守っていた。

皇帝はいつもイルハリムを傷つけぬよう、慎重に交わってくれた。主導権は常に皇帝にあり、イルハリムは望まれるままに従順でありさえすればよかった。それが相応しい在り方なのだと思っていた。

だが、それでは足りなかったのだ。

イルハリムは皇帝に伴侶として娶られた。ただ望まれて寵愛を受けただけでなく、互いに相手を欲し、愛を誓い合った。

欲しければ求めればいい。苦しければ訴えればいい。

皇帝はイルハリムにそれを望んだ。

「……手を、握ってください、陛下……」

東屋から助け出された後、皇帝が怒りを露にしたのは、何も告げなかったことだけだ。

皇帝が差し伸べた手を取ることもせず、一人で動いて自らの身を危険に晒したことだけを咎められた。

苦しければ言え、何かあるなら話せと、皇帝は何度も言ってくれた。——奴隷の身で言えるものかと、頑なだったのはイルハリムの方だ。寝台の中でも宮殿でも、弱音など決して吐くまいと決めていた。

イルハリムは自らの心の揺らぎを思い出す。

——皇帝の助けになれると嬉しい。何も教えてもらえないと悲しい。

同じ気持ちを、皇帝も味わっていたのかもしれない。イルハリムが自分を頼り、悩みや苦しみを打ち明けてくる日を、両手を空けて待っていてくれたのかもしれない。

「イル……お前の手を離しはせぬ……」

宙を彷徨うイルハリムの手を、皇帝の手が下から捕らえた。

指と指を絡ませてしっかりと握り合う。

重ねた掌から安堵が広がり、イルハリムの心を幸福で熱く満たした。

（十一）皇妃の冠

幼い頃、奴隷としてこの国へやってきた。

親や兄弟とも離れ離れだ。生きているかどうかさえ分からない。

体の一部を切り取られて、新たな家族を持つ望みも失った。

遠く離れた異国で、たった一人。今はもう、故郷の言葉さえあやふやだ。

周りにいるのは屈強な帝国の兵士と煌びやかに着飾った女たち。異国から来た奴隷は、物言う家畜として売り買いされる。

――このまま誰とも寄り添うことなく、孤独のうちに命を終えるのだと思っていた。


「陛下……」

イルハリムは絡ませた指を握り締める。

肉厚で骨太の、剣を握って戦う大きな手だ。イルハリムがその手を握ると、皇帝は包み込むように優しく握り返してくれた。

幸福感で胸が潰れてしまいそうだ。手と手を触れ合い、目と目を見交わすだけで、浮き立つような歓喜が満ちてくる。

初めから身分違いの恋だとはわかっていた。

自分は数多くいる奴隷の一人にすぎず、皇帝は望めば叶わぬことのない至高の存在だ。

どれほど深く寵愛されていても、熱が冷めれば一夜のうちに放り出される。そんなことまで忘れてしまうほど、のぼせ上がってはいないつもりだった。

いつか必ず終わりの日はやってくる。例え皇妃が来なくとも、そう遠くないうちにこの恋は終わりを迎える。

それがわかっていたから、本当の望みからは目を背けた。

——一瞬でも長く側に居たい。

望むことは、ただそれだけだったのに。


「好きです……」

イルハリムは金の目を見つめて言った。

好きです。貴方が好きです。

貴方の何もかもが愛おしくて、どうしようもないのです。

叫びだしたいほどの想いの奔流が胸を埋め尽くし、口から溢れ出す。

「愛しています、陛下……私の大切な御方」

寵愛は一時の戯れ。皇帝ラシッドの治世を彩るほんの一頁に過ぎない。

けれど、もし許されるなら——。

「できればずっと陛下のお側にいたい……それが私の魂からの願い、至上の幸福なのです……」

他には何も望まない。地位も褒賞も何もいらない。

ただ一日でも長くその心に触れていたい。一夜でも多く肌の温もりを分かち合いたい。——ただ、それだけだ。

「今更何を言うかと思えば……」

だが、望みを聞いた皇帝は笑い飛ばした。

イルハリムを乗せた胴が、ゆっくりとせり上がってくる。

「手放してくれと乞われても、放してなどやるものか」

「ぁ……ッ!? あ、ん……んッ!」

宙に浮いた尻の中に、下から極太の怒張が潜り込んできた。

思わず反射的に伸びあがったが、イルハリムは自らを叱咤して踏みとどまる。浅く息を吐いて腰を落とし、重ねた手を握り締めて、身の内を遡ってくる欲望を全身で受け止めようとした。

この大きさがそのまま皇帝の想いなのだ。そう思えば、苦しくても逃げるわけにはいかない。むしろ苦しいことが心地よくさえ思える。

全身に汗を浮かべ、大きく開けた口から吐息と声を零しながら、イルハリムは皇帝を体の奥の深い場所へと迎え入れた。

「あ、あぁぁ……!」

肌と肌が触れ合った。強張る脚から力を抜き、跨いだ腹の上へと座り込んで身を委ねる。

熱く滾る肉棒が、根元までイルハリムの中に収まっていた。先程までは息を潜めていた官能が、さざ波のように下腹に広がる。

「……私の中に……陛下が……」

声が震えを帯びた。

逞しい皇帝の分身が、息苦しいほどいっぱいにイルハリムの中を満たしている。

締め付ける媚肉をものともせず、凶暴な獣のように頭をもたげる塊。

甘い痺れが背筋を走り、脳髄を蕩かしていくようだ。

「イル……すべて収まったぞ。わかるな」

感情を抑えた低い声が告げた。繋いだままの手を引き寄せ、手の甲に唇を寄せてくる。

羞恥に顔を染めながら、イルハリムは震えるように頷いた。

繋がったばかりなのに、もう足の間が濡れている。根元まで受け入れた瞬間、奥を突かれて軽く達してしまったのだ。

それを知った皇帝は肉食獣のように笑うと、イルハリムの手をべろりと舐めた。

「あぁ……陛下……」

熱い塊が体の奥深くで脈を打っていた。浅く息を吐きながら、イルハリムはその鼓動を全身で味わう。

獅子帝は精力旺盛だ。

本当ならすぐにでも荒々しく突き上げたいはずなのに、その日初めての挿入の時には、いつもイルハリムの息が整うまで待ってくれる。何でもないような顔で他愛もない言葉を交わし、高まる吐息を押し殺してくれるのがわかる。

その優しさが嬉しくて愛しくて、胸が苦しい。どうしてそんなにも大切にしてくれるのだろう。身の程知らずな言葉が口から零れてしまうのは、皇帝があまりにも優しいせいだ。

「……幸せです……こうして陛下に触れていられる瞬間が、一番好きです……」

背中を丸めて身を屈めると、皇帝が頭を起こして唇を触れ合わせてきた。

荒くなる息を堪えながらの、啄ばむような口づけ。

今にも暴れ出しそうな怒張を腹の奥で飼いながら、ただ愛しい気持ちを伝えるために、そっと唇を重ね合う。

平静を装う皇帝も、肌は上気して熱を持ち、金褐色の両眼は欲情で色を濃くして黄金に染まっていた。強く逞しい獅子が番を求め、今すぐにでも飛び掛かろうとしているのだ。

唇を離したイルハリムは、思いを込めてその目を見つめた。

「どうか……陛下のすべてをお与えください……」

「強欲な奴め」

自分を求める伴侶の言葉に、皇帝は満足そうな声で悪態をついた。腹に番を乗せた雄獅子が、ゆったりと体を揺らし始める。

「余のすべては、とっくにお前のものだ。知らぬとは言わせぬぞ」

穏やかな揺れが、イルハリムの下腹に波のような恍惚を生み始めた。

粘るような水音と肌を叩く音に紛れて、鈴が慎ましく鳴り始める。

リリ、リリリ、リリ……――。

その音に合わせるかのように、揺れは徐々に激しくなっていった。

「……陛下、あっ、あ……ッ……………あああぁっ……」

抑えた吐息が喘ぎになり、喘ぎはすぐに悲鳴混じりの嬌声に変わった。

限界まで引き絞られた弓のように、放たれた快楽の矢は一直線に飛んでいく。

イルハリムは長い髪を乱して煩悶した。


腹の上に乗せたイルハリムを、皇帝が下から力強く突きあげる。

「……あぁぁッ、だめ……ッ……そこは、ぁ……ッ」

逃げかかる体を引き戻されて、イルハリムの口から哀願が漏れた。

太く猛々しい肉棒が柔らかな襞の奥を蹂躙している。

中の感じやすい場所も、息が詰まるほど心地いい奥も、すべて皇帝の思うがままだ。

膝が崩れれば深いところを貫かれ、腰を浮かせれば浅い弱みを責め立てられ――官能は際限もなく高まっていく。

「駄目と言うが、お前のここは吸い付いてくるぞ……！」

「ひぉッ！　……やぁ、ッ……やぁあ……！」

意地悪そうに言いながら、皇帝はイルハリムが弱い奥を嬲る。小刻みな揺れに合わせて、乳首についた金の装飾品も揺れ動いた。

歯を立てて噛まれるような痛みが官能を呼び、濡れた悲鳴が立て続けに零れ出る。

かつてはそれほど感じる場所ではなかったのに、既婚の印をつけられてからは、ここがひどく敏感になってしまった。

揺れる紅玉が燭台の炎に煌めくたび、イルハリムは高みへと追い詰められていく。

「あぁ、陛下……陛下、もうだめです……もう、ッ……いき、ます……ッ」

庇うように背を丸めて、イルハリムはもう我慢できないと訴えた。ぶる、と震えを放つ。

腰が淫靡に動き、逞しい肉棒を自分の好い場所に擦りつけていた。下腹からは緩い蜜が止め処もなく湧き出ている。仕えるべき皇帝を置き去りにして、自分だけが快楽を貪り、今まさに絶頂を極めようとしている。

あるまじき不敬だ。浅ましい愛欲の虜だ。

わかっていても、もう止まらない。

「果てて良い」

皇帝は低い声で許しを与え、深々と突き上げる。

かろうじて繋がっていた理性の糸が、その瞬間焼き切れた。

「あッ！　……」


祭りの準備に追われ、ゆっくり肌を重ねる暇もなかった。

生殺しのまま焦らされた熱が一気に押し寄せる。

腹の奥底には恋い焦がれた皇帝の牡。

中を締め付けて、その質量を感じた途端に――目の前に火花が散った。


「……ア――――ッ！　……ァアア――――ッ！　……ッ」


恍惚と陶酔の入り混じった絶叫が、イルハリムの喉から迸った。あまりにも深い喜悦に全身が痙攣し、紅潮した頬の上を涙が零れ落ちていく。

下腹から溢れる蜜は皇帝の腹に広がり、胴を挟み込むイルハリムの腿を伝って、寝具の上へと流れ落ちた。

叫びの形に口を開いたまま、イルハリムは全身を硬直させる。

背筋を突き抜けていく官能。指の先まで痺れるような法悦。今までの交わりの中でも、ついぞ味わったことがないような絶頂だ。

思う存分にそれを貪る。

「……お前は、余の側にいて幸福か？　……後悔はしないか……？」

真っ白に焼き切れた頭の中に、皇帝の問いかけが忍び込んできた。

様々なことが走馬灯のように脳裏をよぎる。

貴族からの蔑みの視線、廊下でわざとぶつかってくる官吏たち。戸惑いを隠さぬ後宮の側女と宦官。

酔狂だ、悪趣味だと、皇帝の品位を貶める陰口まで聞こえてくる。

もう若くはない、あとは捨てられるだけだと断じる、タシールの声。

やがて嫁して来るはずの皇妃。先行きの見えない不安……。

だが、後悔はしない。この一瞬のためにすべてをなげうっても、決して後悔などしないだろう。

「し……あわせ、です……へいか……」

朦朧とする頭で、辛うじて言葉を絞り出した。


熱く脈打つ皇帝に身の内を満たされて、頂へと昇りつめる。

荒々しい帝国の支配者が血を滾らせて、ちっぽけな奴隷のイルハリムを求めてくれる。

炎を宿した金色の瞳。重ねた大きな掌、低く響く声。

汗とともに立ち昇る高貴な乳香――。

めくるめくような情熱を注ぎ、息も継げぬほど激しく愛される。これ以上の幸福が、いったい地上のどこにあるというのだ。

「もっと……」

皇帝の腹に跨ったまま、イルハリムは奔放に体を揺らした。胸の飾りが跳ねるのにも構わず、馬を速駆けさせるかのように皇帝に騎乗する。

もっと欲しい。まだまだ足りない。

魂が燃え尽きるほど激しく愛されたい。皇帝の全身に口づけを落とし、腹の中に精のすべてを搾り取ってしまいたい。

「……へいか、もっと……もっと、ください……」

中の肉棒を締め付けて希った瞬間、体がぐらりと傾いた。イルハリムを腹の上に乗せたまま、皇帝が上半身を起き上がらせたからだ。

後ろざまに倒れ込んだイルハリムは、厚く積み上げた枕に体を受け止められた。その顔の両側に皇帝が腕を突く。上から圧し掛かってきた皇帝は、ぎらつく欲望の色をもはや隠そうともせずに、イルハリムを見下ろした。

「くれてやるとも……！」

歯の間から絞り出すような声で、皇帝が唸った。顔の両側に突いた腕が、まるで獲物を閉じ込める檻のようだ。

獣が舌なめずりするように、肉厚の舌が唇を舐める。

「涸れ果てるまでくれてやる。一晩でも、二晩でもな……！」

「——きろ……起きろ、イルハリム！」

「……ッ!?」

鼻をキュッと抓まれて、イルハリムは深い眠りの底から呼び戻された。

瞼をこじ開けると、目の前にあったのは呆れたような皇帝の顔だ。

「まったく、猫の仔のようによく眠る奴だ。起きて湯を浴びるぞ。ぐずぐずしていると式典に間に合わん」

皇帝はそう言うと、イルハリムを抱え上げて有無を言わさず浴室に運び込んだ。中には側女が二人いて、まだぼんやりしているイルハリムに温かい湯を注ぎかける。

温かくて気持ちいいと思いながらも、無理矢理に起こされたせいで頭が働かない。惚けたように床に座り込んで、イルハリムは周りを見回した。

隣の一角では、皇帝が荒っぽく頭から湯を浴びている。

広い肩、引き締まった背中。赤銅色の肌に、ところどころ赤い筋が浮いている。

どこかで擦れてしまったのだろうか。

見るともなくその背を見ていると、浴室の開いた換気窓から、何かが弾けるような音が聞こえてきた。

まるで、花火のような——と思ったところで、突然目が覚めた。

「……花火!?」

建国の祝祭が始まる、合図の花火だ。

「わ……ぇえッ⁉」

目が覚めるのと同時に、側女たちに裸体を晒している状況に気付いてしまった。

肌の上には、皇帝が残した愛咬の跡が至る所に残っている。

皇帝は、イルハリムの淡い色の肌に鮮やかな印をつけるのが好きだ。服で隠れる場所にと気遣ってはくれるが、腿の内側などの際どい場所には遠慮がない。

その上、胸には淫靡な紅玉の飾りまでついているのだ。

側女とはいえ、自分よりうんと年下の少女たちにこんな生々しい姿は見られたくない。

「じ、自分でやりますから、貴女がたは陛下のお世話を……！」

「もう終わった。お前も早くしろ」

側女を追い払おうとするイルハリムの横を通り過ぎて、手早く身を清めた皇帝は、先に浴室を出ていってしまった。

祝祭の始まりを告げる花火が鳴っているのだから当然だ。いや、むしろ遅すぎる。完全に寝坊した。

本来ならば、祝典の主役である皇帝の身支度を手伝うのも、イルハリムの務めである。

礼装はもとより、この日のために用意した新しい衣装を揃え、良く磨かせた宝飾品を準備しておくのも、イルハリムの役目だった。

なのに昨夜までずっと抱き潰されていて、何一つ手配した覚えがない。

「小姓を呼んであるから心配するな。お前は自分の支度をしろ」

慌てて浴室を出ようとする気配を察したのか、扉の向こうから良く通る声が飛んできた。

職務を考えれば、追いかけていって皇帝の世話をするべきだ。何よりも優先されるのは、帝国の支配者たる皇帝の装いであって、イルハリムの身なりなどどうでもいい。

だが、体の中には昨夜出されたものがたっぷりと残っている。厳粛な式の最中に零れ出てくる危険を考えると、これを始末しないことには浴室から出られなかった。

ひとまず側女を追い払い、大慌てで中を清めて湯で流す。

どうせ起こすのならもっと早く起こしてくれればよかったのにと、涼しい顔で出ていった皇帝を恨めしく思う。

イルハリムの眠りがやたらと長いことを皇帝は揶揄するが、そもそもの体のつくりがまったく違うのだ。まともに付き合うととても体力が持たない。

それがわかっているのに、皇帝は昨日一日中イルハリムを寝台から出さなかった。


湯に流されて消えていく残滓を目の端に捉えながら、イルハリムは顔を赤くする。

正確に言うならば一日では済まない。東屋での事件があった一昨日の夜から一日半もの間、寝台の中に籠りきりのまま、ずっと抱き合い続けていた。

激しく交歓して意識を飛ばし、目を覚ませばひな鳥のように水と食べ物を分け合う。

口移しの食事は互いを貪る口づけに変わり、裸のまま睦み合ううちにどちらからともなく昂らせ、ついには性愛を誘う遊戯へと変わり果てる。絶頂の最中に気を失うように眠りに就いては、目覚めてまた交わることの繰り返し。

体の奥にいったいどれほどの精を浴びたかわからない。

しかし、その責を皇帝にだけ問うのはお門違いというものだろう。イルハリムもまた皇帝の温もりを欲して、目覚めるたびに身を寄せていったのだから。

すれ違いの隙間を埋めるかのように、皇帝の求めは執拗だった。

終わらぬ絶頂に咽び泣き、縋りついて許しを乞うたが、皇帝は自分の立場を軽く見た罰だと叱って、許してくれなかった。

飾りのついた乳首を弄られて啜り泣けば、『こちらにも紅玉をつけるか。それとも金剛石が良いか』と残る片方も嬲られる。耳も指も手首も黄金と紅玉で飾り立て、鎖を着けて二度と寝台から出られぬようにしてやろうかと、冗談には聞こえぬ声で脅かされた。

幾度目かの法悦でイルハリムは完全に降伏した。声を振り絞って自らの不明を何度も詫びたが、それでも甘く苦しい罰は終わらなかった。

イルハリムが気をやって朦朧としている間に、皇帝は罪人の処分を決めてしまったようだ。夢うつつに男たちの末路を聞いた気がする。

イルハリムを東屋に誘い出した元衛兵たちは、宮殿地下の牢にて禁固百年が言い渡された。横になることもできない狭い箱に押し込められ、空気穴以外は漆喰で封じられる。後は鼠や虫の餌になるだけだ。百年が経過する頃には骨も残らない。

タシールは――、自由民の身分を剥奪され、当主である甥の監督下に置かれることになったらしい。帝都の屋敷を閉門し、甥ともども領地に戻って蟄居するよう命じたとの話だ。

命が奪われなかったことには安堵したが、極刑に処されなかったのは、果たして皇帝の慈悲と言えるだろうか。

不始末の責任を取らされた甥が罪人をどう扱うかを考えると、苦いものがこみ上げる。

せめて人としての尊厳が残されるようにと、祈らずにはいられなかった。

急いで汚れを落として浴室を出ると、皇帝は小姓たちに手伝わせて更衣の真っ最中だった。

「申し訳ございません、陛下!」

「いいからお前も着替えよ。急がんと間に合わんぞ」

「ただいま、すぐに……!」

急かされて慌てて小姓頭の部屋に飛び込もうとしたイルハリムは、先の側女たちに行く手を阻まれた。

隣室ではなく、皇帝と対になる場所にもう一人分の支度が用意されている。ここで着替えよということらしい。

側女に差し出されるまま、水気を拭き取った体に慌ただしく下着を身に着けた。柔らかく体に沿う、上質の絹の下着だ。

それらを身に着け終えると、次に長衣が差し出された。

受け取った瞬間、イルハリムは明らかな違和感に動きを止める。──宦官長の長衣ではない。

手に持っただけで違いは明らかだった。

ずっしりとした重みは、金糸による刺繍のせいだ。目を見張るような華やかな刺繍が、足首まである絹地を飾り立てている。

重臣か、あるいは皇族が身につけるような、重厚な礼装長衣だった。

「……陛下、これは……」

手が止まったイルハリムから長衣を取り上げて、代わりに側女たちが慣れた様子で衣装を着せかけた。

生地の色は染料を贅沢に使った深い紅。襟と袖の金の飾り細工を留め、豊かに広がる裾を見栄え良く整える。湿り気の残る髪には櫛を通し、額が出るように後ろに撫でつけた後、金刺繍が広がる肩に緩く下ろした。

着付けが終わると、側女たちは身を二つに折って恭しく後ろに下がった。

彼女たちと入れ違いに、身支度を終えた皇帝がイルハリムのもとへとやってくる。隣に控えているのは、祭り用の礼装に身を包んだ大宰相だ。

イルハリムは皇帝を見上げた。

今日の皇帝の装いは、威厳に満ちて一段と華々しかった。

長身を覆うのは、濃い赤の長衣と襟の高い黒のローブ。襟と袖の金刺繍が、深く染めあげられた生地に映えて美しい。

指先を飾るのは、骨太の手に見劣りしない大粒の宝石たち。紅玉のほか、翡翠や黒曜石が朝の光に煌めいている。

額には紅玉と金剛石が輝く皇帝の宝冠。豊かに波打つ金褐色の髪が、漆黒のローブの肩に降りかかり、それ自体もまた豪奢な黄金の飾りに見える。

広大な帝国を支配するに相応しい、堂々たる帝王の姿だ。

あまりの壮麗さに見惚れていたために、イルハリムは皇帝の後ろから進み出てきた老人が、自分の側で膝を突いたことに気づかなかった。――ハッとした時には、硬いものが断ち切られる音が足元で鳴っていた。

思わず一歩下がって足を見る。

長衣の裾を持ち上げると、人生の大半を共にしてきた奴隷の環が、左足から消え去っていた。

リリリ、と耳に馴染んだ音は、身を屈めたまま後ろへ下がる老人とともに遠ざかっていく。環が外され、持ち去られたのだ。

呆然として皇帝を振り仰いだイルハリムに、視線を合わせた獅子帝は静かに宣言した。

「――お前を奴隷の身分から解放する」

その言葉の意味が浸透するや否や、イルハリムは崩れるように床に膝を突いていた。

一昨日からの長い長い睦み合いの中、死ぬまで側から離さぬと、皇帝は何度もイルハリムに囁いた。

なのに今は、イルハリムを解放すると言う。寵妃の鈴を取り上げて、欲しくもない自由をくれてやると、そう言うのだ。

『嫌です』と、拒絶の言葉が口から出そうになった。

けれど、もうすでに足環は外されてしまっている。そうでなくとも、皇帝の決定に異を唱えることなどできるはずもない。

どうしようもないまま、イルハリムは訴えるように涙の滲む目で皇帝を見上げた。

自由など欲しくはない。命尽きるまで仕えることが何よりの望みなのだと、皇帝は知っているはずだ。

だが、見返す皇帝の視線は揺るがない。

これが罰なのかと、イルハリムは絶望を噛み締めた。

だとしたら、皇帝はイルハリムにとって何よりも辛い罰を与えたことになる。

床に座り込んだまま、口も利けずに見上げるばかりのイルハリムを、皇帝は威厳をもって見据えた。その右手が高く掲げられる。

傍らに控えていた大宰相が、それを合図に進み出た。捧げ持っていた箱の蓋を開け、皇帝へと差し出す。

宝石で飾られた獅子帝の手が、中に収められたものを掴み取った。

「……！」

皇帝の手が掴み出したのは――、黄金の宝冠だった。

とろりとした濃い紅。宝冠の中央を飾る紅玉は、ウズラの卵ほどもある。

その周囲は皇室の紋章を象る八つの金剛石に囲まれて、艶やかな紅玉の輝きを一層引き立てていた。

皇帝の額を飾る宝冠より一回り小さく作られたそれは、皇族のみが身に着けることを許される、特別な装飾品だ。

皇帝は厳かに告げる。

「自由民となった以上、相応の位なしで側に置くことはできん。よって、お前を我が皇妃として一族に迎えることとする」

目を見開いたまま見上げるばかりのイルハリムの額に、皇帝の手が宝冠を授けた。

冷たく重みのある宝冠が、測ったようにぴたりと額に収まる。

額の熱を吸い取る黄金の感触に、イルハリムは睫毛を震わせて瞬きした。いったい自分の身に何が起こっているのか理解できない。

茫然とするイルハリムを見下ろし、皇帝は厳かに続けた。

「同時に、お前を小姓頭に任ずる。年俸は金貨百五十、就任の祝いに東州の直轄地を一部与える。場所については後程確認せよ」

皇帝の言葉に合わせて、隣に立つ大宰相が手に持った書類の紙面を広げた。

公的な形式に則って、自由民イルハリムを小姓頭に任命すること、またその俸給について明記され、何度も目にした獅子帝玉璽がくっきりと押されていた。

「……」

口も利けないまま、イルハリムは玉璽の朱色を見つめた。目で何度字面を追っても、文字の意味は頭に入ってこなかった。

そのうちに任命書は元のようにくるくると丸められ、恭しく首を垂れて待つイルハリムの側女へと渡された。

受け取った側女が後ろに下がると、代わりにもう一人の側女が前に進み出る。その手に捧げ持たれているのは頭布だった。

皇帝はそれを手に取ると、粛々たる動作で大きく広げた。

光沢のある絹地の縁には、小姓頭の身分を表す紋様が金の糸で縫い取られている。

「余に生涯の忠誠を捧げよ」

その言葉とともに、絹の頭布がふわりと頭に被せられる。

次いで、礼装長衣に包まれた皇帝の手の甲が、目の前に差し出された。

問うように皇帝を見上げると、金色の目が促すように細められた。呆然としたまま視線を大宰相に巡らせると、彼もまた目顔で頷きかけた。

イルハリムは震える両手を持ち上げて、その指先を掬い取る。

玉体に触れて忠誠を誓うことを許されるのは、皇帝の親族だけだ。

遠い異国からやってきた奴隷の宦官を、皇帝は正式な手順を踏んで、家族として迎え入れようというのだ。

命ある限り皇帝の隣にあるべき存在として――。

「陛、下……」

何と言っていいのか、言葉が続かない。体中の力が抜けて、今にも倒れてしまいそうだ。

夢だとしても、こんな大それた夢があるだろうか。

「どうした。余に忠誠を捧げる気はないと言うか?」

動くことのできないイルハリムを、皇帝がわざと厳しい声音で叱咤する。

誓いの儀を見守っていた大宰相が、笑みの浮かんだ顔を隠すように俯くのが見えた。

厳格なことで知られる獅子帝は、懐に入ってきた者にはひどく甘いと知っている。

情に篤く、一旦心を許せば身内も同然に接してくれる人物だ。

しかしいったい、誰が想像しえただろう。

最下層の宦官として宮殿に入った奴隷を、皇妃として一族に迎えるなどということは――。

イルハリムは両手に捧げ持つ皇帝の手を見つめた。涙で視界が潤んで何も見えない。

動けずにいるイルハリムを力づけるように、皇帝の指がかすかに指先を握った。

緊張に痺れる手で、イルハリムもようやくその手を握り返す。

「……ウルグ帝国皇帝、ラシッド陛下に……永遠の忠誠を、捧げます……」

やっとのことでそれだけを声に出し、爪の先に震える唇を押し当てる。

――顔を離す寸前、いたずらな指先はイルハリムの唇を掠めるように撫でていった。


建国を祝う花火の音が次々と鳴り響く。

気が早い市民の祭りはもう始まっているのだろう。宮殿での祝賀式典は、皇帝がバルコニーに姿を見せた瞬間から始まる。まさに、今これからだ。

祭りの開始を告げるべく、獅子帝は漆黒のローブを翻した。

外へと続く扉の前まで進んで、皇帝はついてくる者がないことに気づいたらしい。後ろを振り返り、元の場所に立ち尽くしている伴侶に向けて、手を差し伸べる。

「来い、イルハリム。お前の場所はここだ」

「……はい……皇帝陛下……」

夢を見ているような声で返答して、イルハリムは皇帝の元へと歩み寄った。

まるで現実のこととも思えなくて、大きな掌に恐る恐る指を伸ばす。――と、伸びてきた手に強い力で腕を掴み取られた。

強引に引き寄せた耳元に、寝台を目で示した皇帝が意地の悪い声で囁く。

「余の側に居たいと口にしたのは、お前の方だぞ。忘れたと言うなら思い出させてやろうか？」

「陛下……ッ」

低く響くその声を聞くだけで、昨夜までの濃厚な睦み合いが脳裏に甦る。思い出した途端に腰が砕けそうになった。

側に居たい、離さないでと縋りついたのは、確かにイルハリムだ。

皇帝はそれに応えて、何度でもイルハリムの中を穿った。互いに精も根も尽き、息を切らして寝台に倒れ伏すまで……。

思わず赤くなった顔で周囲を見回すと、年若い側女たちが頬を染めて目を逸らした。大宰相は何も聞こえなかった振りをして、澄ました顔で口を開く。

「臣民が痺れを切らして待っておりますぞ。どうぞお早く、皇妃様とともにお出ましを」

出御を促す言葉に、小姓たちが恭しい仕草でバルコニーへの扉を開いた。

眩しい朝の光が降り注ぐ。

花火の音が鮮明になり、ざわめくような人々の歓声が聞こえた。

臆しそうになるイルハリムを支えるように、傍らに立った皇帝が宣言する。

「――今日という日は帝国の歴史に刻まれるだろう。戦に明け暮れた第十一代皇帝ラシッドが、最愛の伴侶を皇妃に迎えたのだからな」

情熱を秘めた金の目が、イルハリムを見つめていた。

握り合った手からは温もりが伝わる。

その手の温もりが、新たな家族ができたのだとイルハリムに教えてくれた。これからは一人ではない。愛する人と寄り添って、ともに生きていくのだ、と。

イルハリムは愛情と信頼を込めて、高い位置にある顔を見上げた。光を浴びた金の目が優しく滲む。


「さぁ、行こう」


繋いだ手で、皇帝が伴侶を傍らへと引き寄せた。

法の下に迎えた自らの皇妃を、臣下たちに知らしめるためだ。

歩き出した皇帝に寄り添い、湧き上がる喜びを胸に噛み締めながら、イルハリムは明るい光の中へと足を踏み出した。

《紙書籍限定　書き下ろし特典》

塔の亡霊

「――亡霊？」

思わず聞き返したイルハリムに、次官は神妙な顔で頷いた。

「そうです。亡霊の呼び声が聞こえるんです」


建国祭が終わって数か月が過ぎた。

焼け付くような暑さも一段落して、帳を揺らす風は涼しさを帯びている。

皇帝の部屋で寝起きする生活にも慣れ始めたこの頃、イルハリムは女人たちの異変に気が付いた。

明るく笑みを絶やさない娘たちが、昨日あたりからどうもおかしい。

笑みは強張り、視線が怯えたように辺りを彷徨う。時折疲れきったような溜め息まで。

もしや後宮で何かあったのかとデメルを呼び出したところ、出てきたのが先の言葉だった。

「夕暮れ時から朝にかけて、不気味な声が聞こえてくるんです。辺りを探させたところ、なんとその声は嘆きの塔から――」

と、その言葉が終わらないうちに一陣の風が帳を吹き上げた。デメルが悲鳴を上げてうずくまる。

捲れあがった帳の向こうで、空は赤く染まっていた。一日の終わりを告げる鐘の音。

夕暮れが訪れる時刻だ。

「嘆きの塔……」

イルハリムは曰く付きの塔の名を口にした。

入り口の扉はずっと封鎖されたまま。窓は鎧戸で塞がれ、外壁も厚い蔦に覆われているため、中の様子は見当もつかない。

そこから声が聞こえると言うのだ。

亡霊だとデメルは言うが、良からぬ輩が中にいる可能性はないだろうか。

「……よし。今から見に行こう」

「えぇっ!?」

デメルがあからさまに嫌そうな顔をする。

イルハリムは机の引き出しから鍵束を取り出すと、怯える配下ににこりと微笑んだ。

若い女人たちの住まいとあって、後宮では夜が明けてから深夜になるまで話し声が絶えないものだ。

しかし今日の後宮は誰もが息を潜めているかのように、シンと静まり返っていた。

「本当に中に入るんですか……?」

弱々しい声でデメルが問う。

目の前には赤錆を浮かせた鉄の扉。持ち手には鎖が巻かれ、鎖の端は錠前で繋がれている。見ようによっては何かを封印しているようにも見える光景だ。

イルハリムは後宮宦官長が持つ鍵束の中から、一本の古い鍵を手に取った。

「声は此処から聞こえたのだろう?」

「そうですけど……もう日が暮れてしまいます。化け物が出てきたらどうするんですか」

泣き出しそうな部下の声に思わず苦笑が漏れた。地方から来た側女には迷信深い者もいるが、デメルもそうであったらしい。

「生きた人間の方が厄介だよ」

諭すように言って錠前に鍵を差し込み、両手で回す。

長年放置された錠前はすっかり錆びていたが、二度三度と力を入れると、やがて軋みながらも鍵が回った。

――と、その途端。

足元でけたたましい音が鳴った。古くなった鎖が割れて落ちたのだ。

「ヒィッ！」

鎖に気を取られていると、すぐ隣でデメルが悲鳴をあげた。

視線を上げると、ちょうど扉の合わせ目に隙間ができるところだった。どうやら蝶番も壊れているらしい。訪問者を歓迎するかのように、厚みのある扉がゆっくりと口を開いていく。

「……や、やや、やっぱり止めましょう！　中に入るのはいけません、亡霊に呪われます――！」

叫ぶデメルの声が遠のいていく。振り返ると、臆病な次官は廊下の向こうまで逃げていくところだった。周囲の衛兵たちも遠巻きにして近寄ろうとしない。夜毎の声は彼らを相当怖がらせているようだ。

イルハリムは扉の隙間から中を覗き込んだ。

足元の床は埃が厚く溜まっている。誰かが出入りした形跡はない。

——では、声はなんだったのかと思い始めた、その時。

『……マァァァ……ァ、ァ……ヴゥ………』

暗がりの奥から、人ならぬものの声が響いた。

「出たぁ——ッ！」

その声を聞くなり、衛兵たちまでが我先にと逃げ出した。

あっという間に廊下は無人だ。しばらく待ってみたが、人が戻ってくる気配はない。

イルハリムは溜め息を吐くと、仕方がないと割り切って、細く開いた扉の隙間から中へと足を踏み入れた。

塔の中は、イルハリムが思った以上に劣化が進んでいた。

長年放置されていたせいで石段は欠けが目立ち、壁のあちこちには穴が空いている。その穴から夕暮れの光が差し込んで、灯りに困らないのが唯一の利点だ。

イルハリムは壁に手を添えながら、螺旋階段を注意深く上った。

この塔は、何代か前の皇帝が建造したと言われている。

彼の皇帝は遠征先の異国で美しい姫を見初めた。拉致同然に帝国へと連れ帰ったが、彼女は泣き暮らすばかりで心を開こうとしない。皇帝は彼女を慰めるために、数多くの贈り物を用意した。帝国のお針子たちに作らせた豪華な礼装。大粒の宝石を細工した装飾品。複雑な意匠の絹織物や贅を凝らした調度品の数々。

この塔もまた、『海が見たい』と言った彼女のために建てられたものだ。

しかし、女人はこの塔が建って間もなく、窓から身を投げて死んでしまったとか。

それ以来、ここは閉鎖され忌み名で呼ばれるようになったと、前任者から聞いていた。

段の途中で足を止めて、イルハリムは頭上を仰いだ。

どれほど上っただろうか。

外はついに陽が沈んだらしい。壁の隙間から差し込む光がだんだん弱くなっていく。もうすぐ真っ暗になるだろうから、そうなる前には戻りたい。

『…………ア、ア……ヴ……』

人ならぬものの声は途切れ途切れに続いていた。石造りの壁にこだまするせいか、ひどく物悲しい響きだ。

引き返そうかと迷ったが、イルハリムは再び上を目指し始めた。

側女たちはこの声を亡霊の呼び声だと思ったらしいが、確かにこれは呼んでいたのだ。――そう気づいたのは、塔の中ほどに辿り着いた時だった。

灯りを置くための窪みの奥に、炯々と光る一対の目が浮かんでいる。

「……マァ、ゥ……」

怯えたような、小さな声。

「……こんにちは」

イルハリムは穏やかに話しかけた。

窪みに向かってそっと手を差し出すと、奥にいた小さな影がたどたどしい動きで近づいてきた。

暗がりから現れた、小さな鼻。つぶらな瞳、埃に塗れた黒い頭と耳。

側女たちを怖れさせた亡霊の正体は、母を求めて鳴く仔猫だったようだ。


「どこから迷い込んだのかな……?」

階段の途中に腰を下ろし、イルハリムは仔猫を膝に抱いた。

生まれ育った海辺の村では、あちこちに猫がいた。網から漏れた小魚を与えることもあったし、家に棲み付いた猫が仔を産んだこともある。

ちょうどこのくらいの大きさの、まだ乳離れしていない仔猫の世話をしたことも。

「……母さんと、はぐれてしまったのだね……」

毛繕いされずに頭に乗ったままの埃を、切ない思いで払ってやる。

おそらくこの仔猫の親や兄弟は、衛兵に見つかって宮殿の外に捨てられたのだろう。

宮殿では生き物を飼うことは禁じられている。それは皇帝だけが持つ特権だ。

美しい鳥や魚、精悍な軍馬、そして大勢の奴隷たち。それらはすべて皇帝の持ち物であり、それ以外のものは存在を許されない。

膝の上の仔猫もそうだ。だが言葉も通じぬ獣に、ここにいてはならぬということがどうしてわかるだろう。

仔猫は人を怖がる様子がなかった。頭を押し付けてきたかと思うと、長衣の端を咥えて交互に踏み始める。これは乳を欲しがる仕草だ。

「そうか……お腹が空いたね……」

胸が苦しくなるのを感じながら、イルハリムは痩せた背をそっと撫でた。


寂しくて、不安で、お腹が空いて。

誰彼なしに甘えてみせて。

まるでここへ来たばかりの自分のようだ。そして同じように、きっとこの仔も引き離された家族とは二度と会えない。

「……ごめんね……」

イルハリムは小さな獣に謝った。

助けてやりたい。

だが宦官長という職務上、イルハリムは衛兵に引き渡して『外へ放て』と言うしかない。

それが幼い仔猫の死を意味していているとわかっていても、そうする以外にないのだ。

一歩を踏み出すことができずに、イルハリムはしばらくの間、石段に座り込んだままでいた。

外はもう暗くなったようだ。塔の下の方からかすかな騒めきも聞こえる。イルハリムが下りてこないので心配しているのだろう。

後宮に戻らなければ――そう思いながらも、体が動かない。

仔猫は今もイルハリムの膝に額を擦りつけている。そのささやかな温もり、健気で愛らしい様子に胸を締め付けられる。

「母さんや兄弟は、元気でいるかな……」

頭を撫でると、マゥ……と小さく仔猫が鳴いた。

「……ずっと一緒にいたかったね……」

叶わぬ願いが唇から零れた。


どのくらいそうしていただろう。

仔猫は疲れ果てたようにイルハリムの膝の上で丸くなっていた。しかし、そろそろ階下に降りなくては、騒ぎが大きくなってしまう。

山羊の乳なら厨房にあるはずだ。温めたそれを飲ませてやって、今夜は後宮の隅に寝床を用意させよう。外はもう暗いのだから、朝までは置いてやれるだろう。

潤んだ目元を袖で拭い、イルハリムは仔猫を手に抱いて立ち上がった。

「おいで。厨房で美味しいもの、を……」

話しかけながら、下の段に足を下ろす――はずだった。その声が途中で途切れる。

そこにあるつもりの石段がなかったからだ。

階段は劣化が進んで石が欠けている。

上るときには十分注意していたそのことを、仔猫に気を取られてすっかり忘れてしまっていた。

「……ッ！」

片手を壁に伸ばしたが掴むところがない。すでに塔の中は暗闇に近い上、古い石段は斜めに傾いている。

肩から壁にぶつかって、体勢を整えようとしたその足が、今度は埃で滑った。

「ぁ……ッ！」

体が完全に宙に浮いた。下まで転がり落ちていくことを予感して、イルハリムは身を固くする。

せめて仔猫だけでも守ってやりたいと、包み込むように胸に抱きしめ――。

「……！」

だが、イルハリムと仔猫が石段を落ちていくことはなかった。下から伸びた腕がイルハリムを捕らえ、厚い胸に受け止めたからだ。

誰だと考えるよりも早く、嗅ぎ慣れた乳香がその正体を教えてくれた。

「お前はまったく……余の肝を冷やしてばかりだな」

大きな溜め息の後、安堵の滲む声が頭上から届いた。

「ここは老朽化のため出入り禁止だ。宦官長のお前は知っていたはずだぞ」

イルハリムを抱いたまま低く叱責するのは、皇帝ラシッドその人だった。

禁を破ったことを叱られて、イルハリムは悄然と俯いた。

「申し訳ございません……」

「お叱りは後になさいませ。ともかく、ご無事でようございました」

いつの間にか大宰相もすぐ傍にいた。階段を上がってきた気配はなかったが、気が動転していて気づかなかったのかもしれない。

皇帝が大宰相に向かって腕を伸ばし、大宰相が両手で何かを受け取った。

それが手の中の仔猫だったと気づいたのは、大宰相が階段を下り始めたときだ。

「あ、あの……！」

思わず追いかけようとした身体が、皇帝の手で引き戻される。

「怪我をしている」

掴まれた手が熱を持っていた。暗がりでよく見えないが、壁に手を伸ばした時に石壁で擦りむいたようだ。肩も少し痛んだが、どちらも大した怪我ではない。

そう言おうとしたのだが。

「すぐに医官の手当てを受けよ」

「わ……ッ」

言うが早いか、皇帝は肩にイルハリムを担ぎ上げた。そのまま安定した足取りで螺旋階段を下り始める。

「あ、あの、陛下……一人で下りられますから……！」

「駄目だ。お前はそそっかしい」

イルハリムの訴えに、皇帝は聞く耳を持たなかった。

崩れかけた石段で暴れては事故の元だ。イルハリムは焦る気持ちを押し隠して、皇帝の長衣にしがみついた。

そのうち入り口近くになり、心配そうに中を覗く宦官たちの声が聞こえると、皇帝は医官を呼んでくるようにと声を張り上げた。それを聞いた宦官たちが廊下を慌てて走っていく。

元の廊下に辿り着いた時には、猫を抱いた大宰相の姿はどこにもなかった。


居室に戻って傷の手当てが終わる頃には、外は濃い闇に包まれていた。

各所で話を聞いてきたデメルによると、母猫は厨房の下働きに餌付けされていたらしい。通りかかった海軍兵にそれが見つかり、人馴れしていたのが災いして仔猫ともども捕らえられたそうだ。

塔の中の黒猫は、その時に獲り逃した一匹だったのだろう。

あのちっぽけな体で、何日耐えていたのか。

夜になるたび親や兄弟を呼び続けた気持ちを思うと、胸が潰れそうになる。置いていかれたのだと思って、心細く悲しかっただろう。それでも鳴くしかなかったのだ。

夕餉の時刻になって皇帝が部屋に戻ってきても、イルハリムの気持ちは沈んだままだった。

厨房の者の心尽くしか、食卓にはイルハリムの好む果物が多く並んでいた。だが仔猫のことが気になって食欲が湧くはずもない。

心配をかけたくないといつも通りに振舞ったつもりだが、勘のいい皇帝には気付かれてしまったようだ。隣に座る皇帝が不意に肩を抱き寄せてきた。

「……どうした。傷が痛むのか？」

案じるような声音。

「いえ、なんでもありませ……ん」

と、首を振って微笑もうとしたが、不意に目頭が熱を帯びた。慌てて顔を伏せ、瞬きして零れ落ちそうな涙を散らす。

なんでもなくはない。

少しの時間触れ合っただけなのに、あの仔猫のことが頭を離れなかった。なんとかして、あの仔を助けてやりたい。

意を決して、イルハリムは顔を上げた。

皇帝の眼差しは優しかった。その視線に背中を押されたような気がして、イルハリムは勇気を振り絞った。

「塔に居た、あの猫……です、が……」

しかし猫のことを言いかけると、皇帝は眉を寄せた。思案気な表情に、ハッとなって言葉が途切れる。──いったい自分は何を言おうとしているのか。

皇妃であれ小姓頭であれ、宮殿の慣習に口を出すのは分を超えている。

それはわかっていたが、あの仔猫の運命を変えるには言うしかない。

「まだ幼い、仔猫でした」

拳をきゅっと握りしめて、イルハリムは声を絞り出した。無意識のうちに左手の指輪に触れる。

寛大な処遇を頼みたかった。

痩せて灰色に汚れた、みすぼらしい猫だ。このままではきっと誰も助けてくれない。

「……ひとりぼっちになってしまったので……」

幼い猫には庇護者が必要だ。

失った家族と棲み処の代わりに、安心できる居場所を与えてやりたい。

「……どうか……陛下のご威光を以って……あの仔を──」

可愛がってくれる人を探してもらうことはできないか。

貴族の家でなくてもいい。猫の世話代を渡すこともできる。宮殿や皇帝に迷惑をかけるつもりもない。

叶うなら、元気になった姿を見たい。無理なら文のやり取りだけでもいい。信頼できる相手をどうやって探せばいいのか。

いっそここに引き取れれば一番いいのに。

後宮の片隅でも、厨房の隅でもいい。せめて元気になるまでの間だけでもいいから。

「――ここに置いてやれま……せん、か……」

頭の中を整理しきれないでいるうちに、気がつけば本当の願いが口から零れ落ちていた。


「イル」

あ、と思った時には、皇帝の腕に抱きしめられていた。

逞しい腕の檻に閉じ込められて、皇帝の体温と息遣いが布越しに伝わってくる。

「お前は猫が好きなのか?」

穏やかな声音だった。

宮殿に住まう奴隷たちは、鳥や獣と触れ合う機会がほとんどない。幼い頃にここへ来た奴隷は猫という生き物を知らないはずだ。皇帝はそれを疑問に思ったのだろう。

「はい……故郷の村で、身近にいたので……」

「そうか。確か、海辺の村の生まれだったな?」

以前話した出自を皇帝は覚えていてくれたらしい。

大きな掌がイルハリムの背を撫でた。緊張を解きほぐすように、ゆっくりと。

慰めるようなその動きに促されて、言うつもりもなかった言葉がポツリと零れた。

「……姉が、黒い猫を可愛がっていました……」

取るに足らない異国人の話。そんなものを皇帝の耳に入れるべきではない。

言ってしまってからそう思ったが、皇帝は気を悪くはしなかったようだ。両親が幼いイルハリムにしたのと同じように、抱きしめて頭を撫でてくれた。

津波のような郷愁の念に襲われて、イルハリムの喉の奥が熱くなった。

働き者の姉。小さかった弟。両親や祖母や、隣の家の子はどうなっただろうか。姉に懐いていたあの黒猫は、無事に戦禍を逃げ延びただろうか。

「お前が余に何かを願い出るのは、これが初めてだな」

皇帝の言葉に、そうだっただろうかと思い返す。

確かに初めてかもしれない。なぜなら言葉にしなくても、欲しいものは与えられていたからだ。愛しい人と二人で過ごす時間。視線を交わし、手を握り合う喜び。触れ合う肌の温かさや、胸の鼓動を聞きながら眠る幸せも――。

頬に口づけが落とされた。額にも、伏せた瞼の上にも。

「あ、の……っ」

何かを言おうとした唇も、言葉を封じるように奪われた。

唇を重ねながら、イルハリムは無言の答えを受け止める。

――駄目なのだ、と。

慣習を覆すわけにはいかない。

世界の中心たる宮殿に、薄汚れた獣は居てはならないのだ。

「陛下……」

瞼を閉じると、涙が一筋こめかみを伝った。

敷物の上で、イルハリムは衣服を脱がされていく。

金糸で縁どられた小姓頭の頭布。刺繍を施された濃青の長衣とその下のシャツ、柔らかな絹の下着。

身分を表す全ての衣を取り去って、残ったのは左手の指輪と胸を飾る紅玉だけだ。

「イル……お前は皇帝ラシッドのただ一人の皇妃だ。それを忘れるな」

皇帝も部屋着を脱ぎ去った。冷たい絹の下から赤銅色の肉体が現れる。覆い被さってくる体の熱は、凍えたイルハリムの心を溶かそうとするかのようだ。

抱き合って肌の温もりを分け合いながら、啄ばむような口づけを繰り返す。

愛されるのは心地いい。

皇帝の腕に抱かれていれば何の不安もない。幸福で、心も満たされている。――だからこそ、後ろめたく感じるのだ。

命を脅かされているものがいるのに、自分だけがこうして安穏と暮らしていることを。

「陛下……」

故郷への思いは断ち切ったはずだった。

この国へ来て奴隷となったときに、二度と戻れないのだと覚悟を決めた。忘れるために、家族の話は誰にもしなかった。

それなのに、どうして今になってあの海辺の村を思い返してしまうのか。

「ぁ……ん、っ……」

胸の飾りを抓まれて、甘い悲鳴が漏れた。自分が何者かを忘れそうになると、皇帝はここを愛撫する。

紅玉で飾られた柔肉はイルハリムに言い聞かせる。——お前の身は皇帝のものになったのだ、と。

紅い石を上下に揺らし、皇帝の指がその重みを思い知らせた。黄金に貫かれた肉粒は、金と宝石の重みを感じるたびに甘美な電流を走らせる。

色味を増した乳首が張りつめ、全ての意識がそこに集中した。その瞬間、皇帝の指が胸の飾りを引き寄せる。

「ん、ンン——ッ……！」

悦びの声は皇帝の唇に吸い取られた。その代わりに、くぐもった喘ぎが鼻から抜ける。口づけは濃厚なものへと変わって、イルハリムの鼓動を速めていく。

肉厚の舌が口内を探り、合わせた唇の間から荒々しい吐息が漏れた。乳首がじんじんと疼き、脚の間が緩い体液で湿っていく。

何度も飾りを弄んだあと、ようやく胸を離れた手は脇腹に回った。形を確かめるように腰から臀部を伝い、腿の裏側を這う。

膝を立てるように促されて、背筋がぞくりと震えた。立てた膝の間で、指先が性器のない下腹部を撫でて通り過ぎる。

「ぁ……陛下……」

滑りを纏わせた指は、秘めた場所に到達した。

剣を握る皇帝の手は骨太で、指も長い。その節くれ立った指が、肉の狭間を押し拡げて中へと潜り込んでくる。

「……ぁ……あ……」

指はゆっくりと根元まで入り込み、深い場所を拡げた。締め付ける肉壁を押し返し、浅い場所を行ったり来たりして、イルハリムの肉体に教え込む。今からここに、伴侶を受け入れるのだと。

逞しい肉棒が入ってくる瞬間を思い出して、下腹がきゅっと慄いた。

給仕の小姓たちはもういなかった。それを確かめて、イルハリムは皇帝の肉体に掌を滑らせる。

太い首、緩やかに上下する胸板。引き締まって筋肉質な腹部。

それから、隆々と息づく昂りへと。

「あっ…………んんぅ、っ……」

両手で皇帝に奉仕すると、それに合わせて体内を嬲る指が濡れ音を立てた。あられもない声が上がりそうになり、辛うじてそれを噛み殺す。

奴隷だった頃は、奉仕するのはイルハリムの役目だった。だが婚儀を終えてからは、皇帝に愛撫されることの方が増えたように思う。

皇帝の指使いは巧みで、竪琴を弾くようにイルハリムの官能をかき鳴らす。目覚めた欲望は炎となって、体の内側で激しく踊り始める。

「……陛下……も、う……」

恥じらいに頬が赤くなるのを感じながら、イルハリムは膝を開いて交情を誘った。

「……中に、ください……」

皇帝の牡は大きい。

前戯が十分でないことはわかってはいたが、今夜は優しくされたくなかった。

肉の凶器を突き入れられ、苦しさに啼いていたい。

塔で出会った小さな猫のことも、二度と会うことのない家族のことも、何も思い出さずにいられるように――。

「イル……」

汗を浮かべたこめかみに唇が押し当てられた。その唇が耳元を辿り、濡れた舌が耳朶の隙間を縫う。

脚を更に開かせて、間に入ってくる鎧のような肉体。

「力を抜いておけ」

欲情を抑えた声が耳に届いた。指で開かれた肉の環に、熱いものが宛がわれる。

「あ」

まだ馴染まぬ窄まりを押し拡げて、皇帝の牡が沈み込んできた。

ぽっかりと空いた心の隙間を埋めるかのように、いきり立つ怒張がイルハリムの中を満たしていく。

「あ、あっ……あぁ……陛下、ッ……」

心の中で望んだとおり、皇帝は容赦しなかった。イルハリムの身を二つに折って圧し掛かり、狭い肉筒を侵略していく。

息詰まるような苦痛と快楽。

痺れるような陶酔が指先まで駆け巡り、頭の芯を蕩かしていく。

「あっ、ひぃっ……へぃか、っ……へ、ぃか……っ」

奥まで収めた皇帝は、いつもと違って待ってくれなかった。最奥を突くや否や、すぐに動き始める。

力強い律動、腹の底を抉られる苦しさ。苦悶と恍惚が入り混じり——もう何も考えられない。

「あぁ……あ——ッ……あ——ッ……！」

目の前が白く染まった。獣のような叫びが喉を迸る。滲み出た快楽の証が二人の下腹を湿らせていく。

だが皇帝はイルハリムの絶頂を知りながら、動きを緩めようとはしなかった。腰が浮くまで二つ折りにしたまま、逃げ場のない獲物を肉の槍で穿ち続ける。頂へと達している肉体を、さらなる高みへと追い立てるために。

しがみついて啜り泣くイルハリムの耳に、低く命じる皇帝の声が届いた。

「忘れてしまえ……今宵ひと時、余のこと以外は何も考えるな」

月が一巡りした。

あれからすぐに塔は解体されることが決まった。数日後には職人たちがやってきて、何十年もそこにあった石造りの塔は、あっという間に瓦礫の山へと変わった。

仔猫を思い出すたびにイルハリムの胸は痛んだが、塔の残骸が跡形もなく消える頃には、その痛みも少しずつ薄れていった。

皇帝とともに軍港を訪れることになったのは、ちょうどその頃だ。

正直なところ、軍港のある街に行くのは気が重かった。憂鬱な気分を押し隠して、出迎えの兵が整列する中を馬車から降り立つと――。

「見よ、イルハリム。あれが最新式の帝国の船だ」

皇帝が、今まさに造船所から進み出る軍艦を指さした。

「ぁ……」

思わず感嘆の息が漏れた。見たこともないほど巨大な船が、何百もの綱に引かれて波打ち際へと向かっていく。

天高く聳える三本の帆柱は、大人の一人や二人では抱えきれそうもない大きさだ。船の上を水夫たちが走り回り、帆が慌ただしく開かれていく。

船首には牙を剥く獅子の顔と二つの砲門。舷側にも二段の砲門がずらりと並び、配備された大砲が黒く光っているのが見えた。

「大砲四十二門を備え、水夫と海兵合わせて四百人を乗せる船だ。同等の軍艦をもう二隻、護衛船百五十艘を各地の軍港で造らせている。船団が完成すれば、帝国が誇る海の要塞となろう」

揚々と語る皇帝の横顔を、イルハリムは不安とともに見上げた。

船団の建造は大規模な遠征を意味している。近いうちに戦が始まるのかもしれない。そうなれば、戦場に赴く皇帝とは離れ離れになってしまうだろう。

ようやく家族と呼べる相手ができたのに、また独りになる——小刻みに震え始めた手を握り締めていると、大きな掌がその手を包み込んだ。

「あの船に乗って、お前の家族を探しに行くぞ」

皇帝が高らかに宣言した。

「……え?」

言葉の意味が理解できずに、イルハリムは茫然と皇帝を振り仰いだ。

家族——それはもしかして、生き別れた両親や姉弟のことだろうか。

皇帝はイルハリムの目を見つめると、幼い子に言い聞かせるように言葉を紡いだ。

「ヒヌ国にいるお前の家族だ。会って無事を確かめたなら、この国に招いてやれ。お前に与えた東州の領地は海に面しているから、きっと故郷と同じように暮らせるだろう」

その言葉を聞いて、小姓頭就任の際に下賜された領地のことが脳裏に浮かぶ。地図の上でしか知らないが、波が穏やかな内海に面した場所だった。

目の前の海に浮かぶ巨大船。各地で建造中の船。

これらすべてが、イルハリムの家族を探すためのものだと言うのだろうか。

「で……も……」

生きているかどうかさえわからない。生まれ故郷はあまりにも遠く、暮らしていた村の名もわからないというのに。

不可能だ。探しに行けるはずがない。

「どうした、そんな顔をして」

不安と動揺が綯い交ぜになった表情に、皇帝が気づいた。

精悍な頬に男らしい不敵な笑みが浮かぶ。

「お前は余を誰だと思っているのだ?」

「ぁ……」

――ウルグ帝国皇帝、ラシッド。

数多の戦を制し、自らの力で至高の座を勝ち取った男。その来し方は、奇跡の連続だったと言っても過言ではない。

獅子の名を冠するこの男の前には、不可能など存在しないのだ。

「……ッ……」

見開いた眼の縁から、ついに涙が零れ落ちた。一度決壊した涙は後から後から溢れ出る。

「泣くな、イルハリム。お前は帝国の皇妃だぞ」

笑いを含んだ声で皇帝が叱った。

進水式のために集まった海軍がこちらを見ている。それがわかっているのに、嗚咽で肩が揺れて止まらない。

皇帝は仕方なさそうに笑うと、胸に抱き寄せて泣き顔を隠してくれた。

「……そら、あれを見れば涙も止まるだろう」

呼吸が落ち着いてきた頃を見計らって、イルハリムは顔を上げるように促された。

顔を拭いながら示された方に目をやると、礼装姿の将校たちがこちらに進み出てくるところだった。

先頭を歩く海軍司令の腕に抱かれているのは……。

「……猫……」

まだ若い黒猫だ。体は小さいが、毛並みは整って美しい。

ピンと立った耳に、優雅な長い尾。大きな金色の目がイルハリムを見つめ、鼻先をこちらに向けている。

司令が飼っている猫だろうか――そう思った時だった。

「マァァ――ウ！」

黒猫が大きな声をあげた。

尻尾をピンと立てたかと思うと、司令の腕から勢いよく飛び立つ。

「わ、わ……！」

一直線に飛んできた猫を、イルハリムは慌てて受け止めた。

飛び移ってきた黒猫は、当然のように腕の中に収まった。ゴロゴロと喉を鳴らし、胸に額を押し付けてくる。人懐こく甘える、その仕草。

「もしかして……」

その先は喉が詰まって言葉にならなかった。

生きてはいないだろうと思った仔猫。

その猫が見違えるほど元気になって、腕の中にいる。

「――宮殿で捕らえた猫は、鼠番として船に乗せるのが決まりだが」

肩越しに覗き込んだ皇帝が、慣れた手つきで猫の下顎を撫でた。

「お前の望みとあらば、叶えてやらぬわけにはいくまい」


頭や耳の後ろを撫でられて、猫は心地よさそうに喉を鳴らしている。

艶々とした漆黒の毛並み。陽光に煌めく金色の目。

薄暗い塔の中では気づかなかったが、まるで自分と皇帝との間に生まれたかのような色合いだ。

そんな埒もないことを考えて、イルハリムは思わず泣き笑いを漏らした。

見れば、後ろに控えた将校たちも白黒の斑や三毛の猫を抱いている。先に捕獲されたこの猫の母親と兄弟だろう。海軍の元で無事に再会が叶ったようだ。

腕の中の仔猫を抱き直して、イルハリムは海の向こうを見つめた。

あの海を越えたところに祖国がある。

いつかこの海を渡り、愛する人と幸せに暮らしていることを家族に伝える日が来るだろうか。

海の彼方を見つめながら、イルハリムは皇帝に語り掛けた。

「村にいた頃の話を……いつか、聞いてくださいますか？」

胸の奥に封じて忘れようとしていた、大切な思い出。

誰にも話したことのない昔話を、皇帝には聞いてほしい。家族の話や、海辺の村の生活、幼い頃の楽しかったこと――何もかもを知ってほしいのだ。

皇帝は金の目を細めると、無言のままイルハリムの肩を抱き寄せた。

言葉もなく寄り添う二人の代わりに、腕の中の黒猫が『マァウ』と短く鳴いて答えた。

あとがき

はじめまして、ごいちと申します。

『獅子帝の宦官長』をお手に取っていただき、ありがとうございます。

「男性器がなくて後ろが開発済みだと、規格外のすごい受ができあがるのでは？」

そんなどうしようもない妄想から、この話は生まれてしまいました。

規格外の受だから過酷な試練にも耐えられる。理不尽な扱いを受けても大丈夫。なんなら多少前向きな気持ちで頑張ってくれるかもしれない。

よし、舞台は後宮にしよう。後宮ときたなら、お相手は皇帝だ。

周囲からも怖れられる絶対的権力者。しかし中身はなりふり構わぬ溺愛体質で、ええと、それから……。


という感じで出来上がったのが、本作です。

気がついたら、攻様の大事な部分も規格外になっていました。


こんな調子で書きたい放題していたところ、まさかの『第一回 fujossy 小説大賞・秋』審査員特別賞をいただき、書籍化の運びとなりました。

威風堂々たる帝王ラシッドと、清楚でたおやかなイルハリムを描いてくださったのは兼守美行先生です。ありがとうございます。

架空の国ということで、うっとりするほど素敵な衣装や宝冠もデザインしてくださいました。是非是非ご堪能くださいませ。

普段は本業の傍ら、友人とともに創作や投稿を楽しんでいます。

SNSにひっそりと棲み付いていますので、もしもどこかで見かけられたらコメントを投げてやってください。めちゃくちゃ喜びます。

この作品に関わってくださったすべての方に、感謝を込めて。

ごいち

エクレア文庫をお買い上げいただきありがとうございます。

作品へのご意見・ご感想は右下のQRコードよりお送りくださいませ。

ファンレターにつきましては以下までお願いいたします。

〒162-0822
東京都新宿区下宮比町2-26 KDX飯田橋ビル 5階
株式会社MUGENUP エクレア文庫編集部 気付
「ごいち先生」／「兼守美行先生」

エクレア文庫

獅子帝の宦官長
寵愛の嵐に攫われて

2022年12月23日　第1刷発行

著者：ごいち ©GOICHI 2022
イラスト：兼守美行

発行人　**伊藤勝悟**
発行所　**株式会社MUGENUP**
〒162-0822 東京都新宿区下宮比町2-26 KDX飯田橋ビル 5階
TEL：03-6265-0808（代表）　FAX：050-3488-9054
発売所　**株式会社星雲社（共同出版社・流通責任出版社）**
〒112-0005 東京都文京区水道1-3-30
TEL：03-3868-3275　FAX：03-3868-6588
印刷所　**株式会社暁印刷**

カバーデザイン◉spoon design（勅使川原克典）
本文デザイン◉五十嵐好明

乱丁・落丁本はお取り替えいたします。

定価はカバーに表示してあります。

この作品はフィクションです。実在の人物・団体・事件などには、一切関係ございません。

本書の無断複写・複製・転載を禁じます。

Printed in Japan
ISBN 978-4-434-31044-7